王子の溺愛
～純潔の麗騎士は甘く悶える～

Aoi Katsuraba
桂生青依

Honey Novel

Illustration

芦原モカ

CONTENTS

1

「あと…少し……」

国を横断し、王都へと延びる街道。そこをゆるゆると進む馬上でふうと息をつくと、シュザンヌ・バローは照りつける陽《ひ》の眩《まぶ》しさに軽く眉《まゆ》を寄せた。

この国、アーヴァンティスの西域、父・ゼルガンが治めるゾラス領から二日。ずっと馬に揺られてきたからか、普段なら体力にも手綱《たづな》捌《さば》きにも自信のあるシュザンヌもさすがに疲れている。

しかも今度の旅は、初めての王都への旅。それも一人きりの旅だから、緊張も一層だ。

「ちょっと休んでいこうかな」

陽の傾《かたむ》きで時刻を確認すると、シュザンヌは道の傍《かたわ》らを流れる小川に馬を寄せ、ひらりと下りる。

水を飲み始めた馬の首を愛撫《あいぶ》するように二度、三度とぱんぱんと叩《たた》いて労《いたわ》ると、再びふうっと息をついて木陰《こかげ》に腰を下ろした。そよぐ風が、金の髪を揺らす。

今年で十七歳になるシュザンヌは、武勲《ぶくん》から王より金杯《きんぱい》を授けられた金杯騎士を父に持つ侯爵家の長女だ。

すらりと伸びた瑞々《みずみず》しい四肢に、女性らしい豊満な胸元。波打つ金の髪に、陶器のようなきめ細かな白い肌。泉を思わせる澄んだ青い瞳《ひとみ》。描いたように形のいい眉。高すぎず低すぎずの鼻に、果実を思わせる唇。

気品のあるその佇《たたず》まいといい鈴を転がすような声といい、滅多に見ない美貌《びぼう》に違いないシュザンヌだが、整いすぎているためか雰囲気は近寄りがたく、まるで氷でできた彫像を思わせる。

そのせいか、シュザンヌはもう年頃であるにも拘《かか》わらず、浮いた話が一つもなかった。

彼女の二つ年下の妹、セリアナは物心ついたときから異性に言い寄られて困るほどだったが、シュザンヌはまったくだ。

気の強さが表情に出てしまっているせいもあるのだろう。妹としておっとり育ったセリアナに比べ、シュザンヌは「長女なのだからしっかりしなければ」と思いながら生きてきた。

しかも今、彼女が身に纏《まと》っているものは普通の女性が身に纏うドレスではない。男が着るような騎士服。その上、帯剣《たいけん》までしている。

年頃の彼女がこんな格好をしているのには、理由があった。他《ほか》でもない、騎士として身を立てようとしてのことだった。

実はシュザンヌは、幼いころから、父に剣を習ってきた。

母は「危ないから」と反対していたが、父を誰より尊敬していたシュザンヌは、そんな父から剣を教わることが何より楽しかったし、父もまた、剣を教えられる相手がいたことが嬉《うれ》しかったのか、熱心に指導してくれた。

おかげで、今やシュザンヌはそこいらの男では相手にならないほどの剣の腕だ。それを活《い》かして王都で名をあげようと、今回こうして旅に出たのだった。それが、家のため、そして何より、敬愛する父のためだと思って。

父はアーヴァンティスにゼルガンありと言われていた高名な騎士で、数年前までは王都で大勢の部下を率いた騎士団長だった。

王の覚えもめでたく、さほどの名家ではないにも拘わらず西の大きな領土をもらえたのは、忠誠心と剣の腕からだと言われている。

それが変わってしまったのは、五年前、妻でありシュザンヌの母であるアリアが病《やまい》に倒れたことがきっかけだった。

それからというもの、父は騎士団長の職を辞し、領地に戻り献身的に母の看病をしていた。だが、三年前、闘病の末に母が亡くなってしまうと、父は大きく気落ちし、ほとんど人前に出なくなってしまった。それにつれ、家はどんどん衰退してしまったのだった。

幸い、ゾラス領の人たちは父に同情的で、領内が混乱することはなかった。しかし、剣で父に負けたことを根に持っていた他の領主や、王に取り立てられたことをよく思っていなかった貴族たちはそうではなかった。

父が表に出なくなってからというもの、

『昔はよかったが今はすっかり腰抜けになった』

『剣も錆《さび》ついた』

『元々大した男ではなかったのだ』

『王に取り入った成り上がり者が』

と、あちこちで好き勝手に父の悪口を吹聴《ふいちょう》するようになったのだ。

シュザンヌにしてみれば、尊敬している父をそんなふうに中傷されるのは気分がいいはずもなく、機会があればなんとか自分が父の名誉を回復したいと思っていたのだった。

そんなとき、父の古くからの友人であるマーカス侯爵から思いがけない話がもたらされた。

それは、現王の娘の一人、エリーザ王女が、警護の人材を探しているという話だった。

『今までは近衛兵《このえへい》の中から選ばれていたんだが、新しく女性の人材を求めているらしいんだ。まあ年頃だからな。同性の方がいいと思ったんだろう。だが、女といっても当然腕の立つものでなければならぬということで、広く募るようだ』

その話を聞いたとき、シュザンヌは「これだ」と思った。

父に剣を教わった自分が王女の警護に就くことができれば、そして見事に仕事を務められれば、父の名も再び脚光を浴びるだろう。今は悪口を言っている連中も、黙らざるをえないに違いない、と。

「父さま、わたしを見守ってくださいね」

シュザンヌは、二日前、居城を出たときに見た父の姿を思い出しながらひとりごちた。

王都に行きたいということを、王女を護《まも》る仕事に就きたいということを打ち明けたとき、父は少しだけ驚いた顔をしたものの、止めはしなかった。

きっと薄々、シュザンヌの気持ちを知ってくれていたのだろう。淡く微笑《ほほえ》み「弱い父ですまない」と小さく言うと、充分すぎるほどのお金を渡してくれた。

「父さまは、弱くなんかありません」

シュザンヌは再びひとりごちる。

そう。父は弱くなんかない。それだけ母を愛していたということ。

父と母は、騎士や領主にはありがちな政略結婚ではなかったらしい。二人はたまたま街で出会い、一目惚《ひとめぼ》れした父が何度も熱心に母のもとに通い、ようやく結ばれたと聞いている。

母は生前、思い出しては微笑んで話してくれた。

『だって王さまの近衛騎士なんかやっている人が、わたしみたいなただの町娘を好きになるなんて思わないでしょう。だからからかわれているとばかり思っていたのに、あの人ったら本当に熱心で誠実だったの。だから「この人なら」と思ったのよ。信じられたし尊敬できたの。今でもそうよ。あなたもそういう人と結ばれるといいわね、シュザンヌ』

——と。

二人は、娘のシュザンヌから見ても仲むつまじい夫婦だったと思う。

父は王都で、母は領地であるゾラス領の城で、と離れて暮らすこともあったけれど、そんなときも毎日手紙を送り合っていたし、一緒にいるときはいつも二人とも笑顔だった。話をしていなくても、ただ二人でいるだけで互いを愛し合っている温かな空気が感じられ、シュザンヌまで嬉しい気持ちになったほどだ。

なのに、母は死んでしまった。

気落ちしてしまった父の気持ちもわかるし、だからこそそんな二人に愛された自分がなんとかしなければと思っている。

妹のセリアナだって、そろそろ結婚相手を探し始めていいころだ。もし好きな相手がいるなら、その相手となんの憂いもなく結婚できるようにするためにも、バロー侯爵家の立場を強いものにしておかなければ。

シュザンヌは表情を引き締めると、立ち上がり、腰に下げているレイピアに触れる。

愛用のこの細身の剣は、柄の部分に瞳の色と同じ青い宝石が塡《は》め込まれた美しいもので、父がシュザンヌに贈ってくれたものだ。この剣にかけて、王女の警備の役を勝ち取りたい。

(絶対になってみせる)

再び馬に跨《またが》り、王都を目指しながら、シュザンヌは胸の中で呟《つぶや》いた。

◆

「ではこちらで少々お待ちください」

通された部屋は、さほど広くはないが天井が高く、花が零《こぼ》れるような形をした美しいシャンデリアと曇《くも》り一つない大きな窓が特徴的な部屋だった。

シュザンヌの身長の倍はあろうかというその窓の向こうには、目に眩しい広大な緑の芝や二つの噴水、そしてその周りを彩る花々が見事な庭が見える。中庭の一つに面しているのだろう。

部屋の床は大理石。よく磨かれていて艶《つや》が美しい。天井には三人の女神と大勢の天使が水辺で語らっている絵が描かれている。壁に飾られている絵はどこの風景だろうか。空の碧《あお》が印象的で見栄《みば》えがする上に、象牙《ぞうげ》色の地に金と銀で家紋が描かれた壁紙にしっくりと合っている。

見たところ、紹介状持ちの客を一旦《いったん》通しておくための部屋といったところか。しかしそんな部屋でも、広さといい調度品といい、シュザンヌが住む城とは比べるのも失礼なほどの華麗さと荘厳さだ。

しかもこの部屋のある場所は、城全体から見れば離れに位置している。城を正面から見た左側、城の人たちは西翼と呼んでいるらしい建物からさらに回廊で繋《つな》がれており、ここまで案内してくれた人の話では、普段王女が過ごしている場所らしい。

（こんなに広くて美しい場所が城の離れ――一部だなんて凄《すご》い……）

紹介状を持って城に入ってから随分《ずいぶん》歩かされたことを思い出し、シュザンヌはほう……と溜息《ためいき》をついた。

子どものころから父に王城の話は聞いていたが、聞くと見るとでは大違いだ。想像していたよりもずっとずっと広い。

しかもどこを見ても圧倒される重厚感と美麗さで、さすがに王の住まいとしか言いようがない。

廊下一つ、階段一つ、扉一つとっても、天井や手すり、ノブやその周りに様々な意匠《いしょう》が施され、まるで一つの芸術作品のようなのだ。

ここには王の他、王子も、そして王女たちも住んでいるからなおさらなのだろう。

（街もとても賑《にぎ》やかだったたし）

王都近くの宿場町であるアラカンドで一泊し、今日の昼前に辿《たど》り着いた王都バティスは、活気に溢《あふ》れ、どこを見てもまるで祭りのような人の多さだった。

すれ違う人たちは洗練された華やかな女性たちに、賑やかで洒落《しゃれ》た男たちばかりで、シュザンヌは自分の場違いさに秘かに頬《ほお》を染めたほどだ。普段シュザンヌが暮らしている、ゾラス領の領都ゾラはどちらかといえばのどかな場所だから一層そう感じてしまった。

城を中心に放射状に広がっている大きな通りを軸に、網の目のように――しかししっかりと計画されて作られたとおぼしき街は、国の豊かさをそのまま伝えてくるかのような活力に満ちていた。

とはいえ、噂《うわさ》では、一年ほど前に平和的に統一したはずの隣国、ダフールとの間で揉《も》め事が続き、国境近くでは小競《こぜ》り合いが繰り返されているようだし、それもあってか王宮内も少しごたついているらしい。

以前、父から聞いた話では、王は父がゾラス領に引き籠《こ》もったのに前後して体調を崩し、現在は息子であるアレクシス王子が政《まつりごと》を行っているらしい。

確か王子は今年で二十五歳。王宮内が落ち着いていないのは、彼がまだ若いせいもあるのだろう。

(だから王女さまの身辺警護にも手が抜けないんでしょうね)

シュザンヌも領主の娘ということで、幼いころには護衛がついていたぐらいだから、王女ともなればそれ以上に違いない。

特にエリーザ王女といえば、美姫で有名だ。

本当か嘘《うそ》か知らないが、肖像画を描こうとした高名な画家が、その美しさに見とれてまったく仕事ができなくなってしまったとか。数年前からはあちこちの国から結婚の申し込みがひっきりなしだと聞く。

まだ見ぬ王女に想《おも》いをはせながら、シュザンヌは部屋を見回した。

現在、部屋にいるのはシュザンヌを入れて三人。

壁際に立っている背の高い黒髪の女性は、見たところすでに剣で身を立てているような雰囲気だ。

隙《すき》がなく、時折こちらを見る眼光も鋭い。どこかの貴族に仕えていたのかもしれない。

そしてもう一人、赤毛の女性は、体格はシュザンヌと同じぐらい。しかし殺気といえばいいのかピリピリとした近寄りづらい雰囲気は黒髪の女性以上だ。歳《とし》は皆同じぐらい。

シュザンヌが改めて気を引き締めたときだった。

部屋のドアが大きく開いたかと思うと、

「エリーザ王女のおなりです」

現れた一人の女性が、先触《さきぶ》れの声を上げる。

シュザンヌは膝《ひざ》をつくと、頭を下げた。すぐ側《そば》で、二人の女性たちも膝をついたのを感じる。

やがて、衣擦《きぬず》れの音がしたかと思うと、部屋に柔らかく甘い香りが広がる。

ややあって、

「顔を上げてくださいな」

声がした。

心地《ここち》よく鼻腔《びこう》を擽《くすぐ》る香りと同じような、柔らかな優しい声だ。

シュザンヌはドキドキしながら顔を上げる。するとそこには、風に揺れる白い花のような愛らしい王女が立っていた。

歳はシュザンヌよりも一つ下の十六歳と聞いていたが、小柄だからかそれよりも幼く見える。

流れる金茶の髪に、長い睫《まつげ》。薄青の瞳に品よく色づいた唇。乳白色の肌は薄紅色のドレスに映《は》え、ほっそりとしたたおやかな肢体は、まるで砂糖菓子のようだ。

同性でも唸《うな》らずにいられないほどの、愛らしさと可憐《かれん》さを湛《たた》えた人だ。微笑みは優雅でありながら吸い込まれるように温かく、見つめているだけでこの人に仕えたいという気持ちがぐんぐん強くなっていく。

（このお方が、エリーザ王女……）

ついついぼうっと見とれてしまうシュザンヌの視線の先で、王女はにっこりと微笑む。

シュザンヌがドキリとしたとき。

王女の背後に控えていた一人の女性が説明を始めた。

「このたびは、お集まりくださいましてありがとうございます。紹介状を拝見いたしましたが、お三人ともエリーザさまを警護するに問題のない身分のご様子。ですが今回は一人の採用となっております。そこで当方からの提案です。三人で勝負をして、勝者が採用ということで、よろしいでしょうか」

きびきびとした口調とシュザンヌたちよりも随分年上に見えることから想像すると、王女の侍女頭かそれに匹敵する立場の女性だろう。

検分するような視線に晒《さら》され、全身に緊張が走る。だが内心のそれを押し隠し、シュザンヌは「承知いたしました」と頷《うなず》いた。

剣は城に入るときに預けているし、まさか王女の前で真剣を使うことはないだろうから、勝負といっても模擬剣を用いてだろう。普段の愛用の剣とは違うそれでどれほど力が出せるかはわからないが、条件は全員同じだ。

だとすれば、ここで腕で決めることに異存はない。ちらりと見れば、残りの二人も頷いたようだ。

勝負を提案した女性は満足そうに頷くと、他の侍女たちに庭へ続く窓を開けさせる。そして大きく開かれたそこを手のひらで指し、「ではあちらへ」と、庭へ出るよう促してきた。

立ち上がり、言われるままに外へ出るシュザンヌの視界の端に、庭を見渡す格好でソファに腰を下ろした王女の姿が見える。

彼女の前で腕自慢というわけか。

(願ってもない)

早速自分の腕を見せる機会が訪れたことに、シュザンヌは胸が熱くなるのを感じる。

くじを引いて勝負の順番を決めると、最初はシュザンヌと黒髪の女性との対戦になった。赤い髪の女性は審判だ。

模擬剣を受け取ると、シュザンヌは黒髪の女性――メルカと名乗った女性と向き合う。すぐに試合は始まった。

「はっ!」

先手必勝、とばかりにすかさずシュザンヌは打ち込む。だがそれはきっちりと受けられ、激しく打ち返された。

「っ――」

そのまま二度、三度と打ち込まれ、防戦一方になる。相手は背が高くリーチが長いせいか、間合いが摑《つか》みにくい。

(でも、軽い剣だわ)

シュザンヌは数度打ち合ったところでそう判断すると、メルカの体勢が崩れた隙を見逃さず、一気に攻めに転じた。

「はあっ!」

スピードを活かして一気に突くと、メルカはじりじりと下がっていく。

「はっ！　はぁっ！　やぁっ――――！」

手元を、胸元を、そして肩のあたりを狙《ねら》って攻めると、狙い通りメルカは大きくバランスを崩した。

「あっ――――」

上擦《うわず》った声を上げて倒れた彼女の胸元にひたと剣の切っ先を突きつけると、メルカは悔しそうに顔を歪《ゆが》め、降参の仕草で剣を手放した。

「負けたよ。負けた。あんたの勝ち」

シュザンヌがちらりと審判役の赤い髪の女性を見ると、彼女も頷く。シュザンヌが剣を引くと、メルカは「ったく……」とぼやくように言い、こけたときに打ったらしい腰をさすりながら立ち上がった。

「あんた、見かけによらずに手厳しいね」

「褒《ほ》めていただいて光栄です」

シュザンヌが言うと、メルカと入れ替わるように赤い髪の女性が表情を引き締め、模擬剣を手にして間合いを取る。

「大丈夫なのですか？　少し休んだ方が」

途端、王女からシュザンヌを気遣うような声が届く。

確かに息が上がっている。だが、いい感じで勝てたこの流れを逃したくない。

「大丈夫です」

シュザンヌは言うと、赤い髪の女性と向かい合うようにして位置を変える。黒髪の女性が審判に立つ。しかしシュザンヌが乱れる息をなんとか整えて構えた途端――。

「やあ――っ！」

「あっ――」

いきなり深く打ち込まれ、咄嗟《とっさ》によけたが大きくよろけた。なんとかすぐに態勢を戻したものの、続けて打ち込まれ、下がらざるをえなくなる。

「っ……く……っ」

疲れている分、分が悪い。動きが鈍くなっていることが自分でもわかる。足が思うように動かない。それでも負けるわけにはいかない。

「っ――！」

シュザンヌは首のあたりを狙って突いてきた剣から辛《かろ》うじて身をかわすと、それを大きく薙《な》ぎ払う。そしてそのまま思い切って相手の胸元に飛び込んだ。

「うわっ――」

間合いを詰めてくると思っていなかったのだろう。赤毛の女は上擦った声を上げて身を捩《よじ》る。

シュザンヌは一気に決めようと、畳みかけるようにしてそのまま身を翻《ひるがえ》してさらに剣を突き出した。

長くなればなるだけこちらが不利だ。が、女は顔を顰《しか》めながらそれを受けた。

剣と剣が強くぶつかり、鈍い音が響く。シュザンヌは手の痺《しび》れに微《かす》かに眉を寄せた。

いつもの剣よりも重たいせいで、思うように操れない。

だが今それを言っても仕方がない。とにかく勝つしかないのだ。

「どうしたの。足がふらふらじゃない」

向かいから、嗤《わら》うような声がする。赤毛の女がこちらを誘うようにゆらゆらと剣先を揺らしている。じりっと詰め寄られ、わずかに下がるとまた詰め寄られる。女がふふん、と嗤った。

「逃げてばかりね。そんなことで警護なんてできるのかしら」

「闇雲《やみくも》に攻めればいいというものではないと思うけれど」

「押されておいて偉そうに。どこの田舎《いなか》から出てきたのか知らないけれど、さっさと降参したらどう？　大怪我《おおけが》しないうちに」

「大きなお世話だわ」

シュザンヌは口の端を上げて言った。女が訝《いぶか》しそうに眉をひそめるのを見ながら、さらに続ける。

「そっちこそ負けて帰るときの言い訳を考えておいた方がいいんじゃないかしら」

「なんですって!?」

不利な状況にあるはずのシュザンヌに言い返され、女の顔色が変わる。

「往生際が悪いのよ！　この……っ――」

苛立《いらだ》ちが滲《にじ》む声を上げると、一息に勝負を決めようとするかのように大きく踏みだし、勢いをつけて斬《き》りかかってくる。

それを察していたシュザンヌは、女の剣を寸前でかわす。そしてすれ違うようにして身を翻し、振り向きざま思い切り打ち込むと、女は体勢を崩しながらもその剣を受けた。

「っ――」

「つく……」

力比べだ。

模擬剣の刃と刃が擦《こす》れ合い、ギリギリと嫌な音を立てる。

だがほどなく、

「っ――！」

シュザンヌが全身の力を使うようにして押し返すと、女の手から剣が飛ぶ。

競り勝ったシュザンヌが持っていた剣を突きつけると、女は手をさすりながら恨めしそうに睨《にら》み返し、やがて、

「まいった……」

と顔を顰めながら言った。

（勝った……）

シュザンヌははあっと大きく息をつくと、息を整えながら剣を収め、試合を見守ってくれていた王女への礼を取るようにして地面に片膝をつく。

「見事です！」

途端、明るい声がした。

その声に胸が高鳴るのを感じながらもシュザンヌが頭を下げたままでいると、王女が庭に出てきた気配があった。視界の端に、小さく美しい靴が映る。自分とは違う汚れ一つないそれに見とれていると、

「顔を上げて？」

続けて声がした。

言葉に従い、そろそろと顔を上げると、王女はにっこり微笑み、シュザンヌを、そしてその傍らで同じように跪《ひざまず》いている二人を見て言った。

「三人とも素晴らしい試合でした。シュザンヌ、おめでとう」

「ありがとうございます」

「お前は誰に剣を？」

「父でございます」

「お父さまに……。きっと名のある剣士だったのですね」

感じ入ったように言う王女の言葉に、シュザンヌは胸が熱くなる。一瞬、父の名を言おうかと思ったものの、それはやめておいた。

きっと剣など握ったこともない王女だ。父の名前は知らなくて当然だが、それでも「知らない」とはっきり言われてしまうことを想像すると悲しくなってしまう。

そうしていると、負けた二人が侍女たちに促され、庭を横切るようにして帰っていくのが目に入る。ほどなくその姿が見えなくなると、王女は改めてシュザンヌに向いた。

「では、シュザンヌ。わたしの護衛として――」

しかし、その声の途中。

部屋の扉の向こうが、俄《にわか》に騒がしくなった。

王女が驚いたようにそちらを振り返る。侍女頭も、訝しげな表情だ。何があったのか確かめようとするかのように、若い侍女をドアの方へ向かわせる。

シュザンヌも微かに眉を寄せたとき。

「エリーザ！　これはいったいどういうことだ!?」

バンッと大きな音を立てて扉が開いたかと思うと、声とともに、一人の男が入ってきた。

堂々とした声音と、王女の部屋に一言の断りもなく入ってくる大胆さに、一瞬で、彼が普通の者ではないことがわかった。そして同時に、シュザンヌはその男の見事な容姿に思わず息を呑《の》んだ。

まるで彫刻家の傑作のような均整の取れた長身に、華やか且《か》つ隙のない佇まい。それだけでも思わず目を見張ってしまうほどだが、その貌《かお》はといえば信じられないほどの端整さだ。整えられた黒髪に、男らしい精悍《せいかん》さの漂う眉。きつめだが毅然《きぜん》とした黒茶色の双眸《そうぼう》、高い鼻、品のいい引き締まった口元……。

想像上の人物でも、これほど優雅で特別感を醸し出す人物はいないだろうと思えるほどだ。まるで夢のようで、シュザンヌが呆気《あっけ》にとられていると、男はつかつかと近づいてくる。

「アレクシス殿下！」

次の瞬間、王女の側にいた女性が慌てて頭を下げた。

(殿下!?)

その声に、シュザンヌも慌てて頭を下げる。

(殿下って……)

あの「殿下」だろうか。

アレクシス王子。この国の、現在の実質の統治者。

本当に？

まさかと思っていても、ドキドキしてしまう。顔を上げてもっとしっかりと見てみたい欲求がこみ上げてくる。それをなんとか堪えてシュザンヌが頭を下げていると、そのすぐ近く

で、アレクシスの棘《とげ》のある声が続く。

「エリーザ。これはいったいどういうことだ」

「……」

「このような得体の知れぬ者たちを次々城へ迎えるとは何事だ。もしこの者たちによからぬ考えがあればどうする」

「そんな！　お兄さま、シュザンヌは得体の知れぬ者などではありません！　きちんと紹介状を――」

「何を言っている！　だからお前は世間知らずだというのだ。その紹介状が正式なものかどうか、お前にきちんと判断できるというのか!?　今われわれの近辺がどうなっているか知らぬわけではあるまい」

「わかっています。でも…だからこそわたしは…誰かわたしを護ってくれる人を取りたてたいと――」

「お前の警護の者はわたしが決めると言っただろう」

「でも」

「でもではない」

冷たく言うアレクシスの声は、相手が妹であっても一切の遠慮がない。まさしく統治者の声だ。

強引さと傲慢《ごうまん》さに溢れ、人に命令し慣れた声。だがその声は同時に、たまらなく魅力的でもある。

よく響き、シュザンヌの胸までもを震わせる。すると俯《うつむ》いているシュザンヌの前に、靴が近づいてきた。

先刻の王女のものとは違う男のそれに、シュザンヌがさらに頭を下げたとき。

「お前も早くこの場から立ち去れ」

突き放すようなアレクシスの声がした。王女と話していたときよりも一層味気のない、一方的な命令の声だ。そして彼は、周囲に向けるような声音で言った。

「まったく。お前たちもお前たちだ。なんのためにエリーザの側に置いていると思っている。いったいどういうつもりだ。わたしの許しなしにこんな真似《まね》を」

「申し訳ございません」

「みんなは悪くないわ！」

すると、エリーザの声がした。

「わたしが頼んだの。わたしを護ってくれる者を探してほしい、って」

「エリーザ、どうしてそんなことを――」

「お兄さまのお気持ちは嬉しいわ。でも、いつも一緒なのだから女性の方がいいと…思って……」

「レオンになんの不満がある。あれは我が乳兄弟《ちきようだい》にしてこの国で一、二を争う剣の使い手だ。お前もよく知っているだろう。警護にはもっとも相応《ふさわ》しい相手だ。それとも、もしかして、レオンが何か不始末をしでかしたのか」

「レオンに不満があるわけじゃないわ。ただ、わたしの護衛なのだから、わたしが選びたいの」

「エリーザ……いったいどうしたのだ。急にそんなわがままを」

王女の抵抗が続くからなのか、アレクシスの声からは訝しさと混乱のような気配が感じられる。

が、彼は長く溜息をつくと、

「いつまでいる気だ、さっさと帰れ」

再びシュザンヌに向けて言ってくる。

俯いたまま成り行きを見守っていたシュザンヌは、微かに唇を噛《か》んだ。

推察するところ、どうやらアレクシス王子は妹のエリーザ王女が警護の者を募集していたことを知らなかったらしい。しかもそれを知って怒っているようだ。となれば、このまま帰れば警護の話はなかったことにされかねない。

(そんな)

せっかくの機会なのに……！

そう思った瞬間、

「お待ちください」

シュザンヌは思わず声を上げていた。

直後、はっと我に返る。

みるみる身体《からだ》が震えはじめた。

（わ、わたし……っ）

よりによって、許しもないのに王子に直接声をかけてしまったなんて。

自分の迂闊《うかつ》さに汗が噴き出してくる。どんな目で見られているかと思うと、気が気ではない。

だがここで何もしなければ帰されてしまうだけだろう。ならば、罰を受ける覚悟で少しだけでも話がしたい。なんとか警護の職に就くことを許してもらいたい。

どのくらいの時間が過ぎただろう。シュザンヌにとって永遠とも思える数秒が過ぎたとき。

「何か言いたいことがあるのか」

頭上から、静かな声がした。

「許す、話してみよ」

声が続く。

シュザンヌはごくりと息を呑むと、跪き、顔を下げたまま、そろそろと口を開いた。

「お、同じ女として申し上げます。エリーザさまのお気持ちをどうか汲《く》んでいただけませんか。女同士でなければわからないこともございます」

「エリーザには侍女がいる。そのための侍女だ」

「確かにエリーザさまにおつきの方々ともなれば相応の素晴らしい方々に違いないと推測いたします。ですが、それでも何か心許《こころもと》ないところがあるからこそ、新たに警護の者を求められたのではないでしょうか」

「わたしの選んだ者では不充分だと?」

アレクシスの声が、微かに低くなる。シュザンヌはより深く頭を下げた。

「決してそのようなことは。ですが、女でなければ入れぬ場所もございます。そのようなとき、わたしがお助けしたいと思うのです」

シュザンヌが言い終えると、沈黙が広がる。

ややあって「顔を上げよ」と声がした。

そろそろと顔を上げると、訝しそうに眉を寄せたアレクシスが見下ろしてきていた。

やはり整った貌だ。ただ整っているだけでなく、上品であると同時に男らしい色香がある。

見つめられると、それだけで胸の奥が熱くなり、どうすればいいのかわからなくなる。

目を逸《そ》らしてしまいたいものの、そんなことはできず、シュザンヌはなんとか見つめ返す。

するとアレクシスは「ほう」とどこか愉快そうに小さく声を上げた。

「警護などを希望するような者だからどんな荒くれ者かと思っていれば……。思いがけず美しいな。どうだ、警護などせずわたしのものにならぬか」

「……」

想像もしていなかった言葉にシュザンヌは絶句する。

するとアレクシスは、可笑しそうにははは、と声を上げて笑った。

「冗談だ。この程度のことで声をなくすとは、随分初心《うぶ》な女だな」

「で、殿下！　わたしは真面目《まじめ》に話を――」

「わたしも真面目だ。それだけの美貌なら剣など握らず男の手を取っている方が似合うだろう」

そしてアレクシスは、シュザンヌの頤《おとがい》に手を伸ばしてくる。クッと摑まれ、仰向《あおむ》かされ、間近から見つめられる。からかうような光を宿す瞳に、シュザンヌは怒りが隠せない。きつく睨むと、アレクシスは微かに目を眇《すが》めて見せた。

「わたしを相手にその目つきか。気が強いな」

そしてふざけるように、シュザンヌの頰を撫《な》でる。唇を嚙み締めると、アレクシスはくつと笑った。

「白い肌に朱がさして美しいな」

「……殿下……っ」

シュザンヌが憤りに呻《うめ》くと、アレクシスはふっと手を離し、シュザンヌを見下ろして言った。

「そう見つめるな。わたしをわざわざ引き止めてああまで言うということは、腕に自信があるのだろう。ならばわたしと勝負しろ。わたしに勝てばお前がエリーザの警護に就くことを認めてやろう。だが負ければわたしのものになれ。どうだ」

「お兄さま！」

「殿下、そのようなお戯《たわむ》れは――」

途端、周りから止める声がかかる。だがアレクシスは面白がるように笑うと、エリーザを見て言った。

「どうした、そんな声を上げて。いつもはわたしに、仕事ばかりではなく女性とつき合うことも考えてみればどうだと言っていたではないか」

「それは……でも……」

口籠《くちご》もるエリーザを笑うと、アレクシスは「どうする」とシュザンヌを見つめてきた。

その視線はシュザンヌを拒絶するようでいて嗤うようでもある。

シュザンヌは睨み返すと、「わかりました」と頷いた。

「シュザンヌ！」

エリーザが悲鳴のような声を上げる。アレクシスはといえば興味深そうに見つめてくるばかりだ。

一瞬、シュザンヌは不安に包まれたが、もう後には引けない。

するとアレクシスは「レオンをここへ」と侍女の一人に告げると、検分するかのようにシュザンヌを見つめ、「立て」と促した。

「勝負は一度きり。わたしは女とはいえ容赦はせぬ」

「畏《かしこ》まりましてございます」

頷いて立ち上がった途端、再びぐっと頤を摑まれた。

「それにしても美しい瞳だな。海の青——空の青——いや、澄んだ水を思わせる青だ。その瞳が閨《ねや》でどう変わるのかが楽しみだ」

「ま——まだ殿下のものと決まったわけではございません」

「勝ち気なことだ。王子であるわたしのものにしてやるというのに、そんな目をするとは」

間近から覗《のぞ》き込まれ、シュザンヌはいつにない不安を覚え、ぎゅっと身を竦《すく》ませる。

そうしていると、廊下から足音が聞こえてくる。

「殿下、お呼びとか」

姿を見せたのは、背の高い一人の男だった。黒髪に誠実そうな黒い瞳。雰囲気に清潔感があり、表情も穏やかなのに動きに隙がない。

(この男……)

シュザンヌはごくりと息を呑んだ。

かなりの使い手だ。

そう思った直後、アレクシスの言葉を思い出した。

『レオンになんの不満がある。あれは我が乳兄弟にしてこの国で一、二を争う剣の使い手だ』

『レオンをここへ』

ということは、この男がレオン。彼がエリーザを護っていたというのか。

だとすれば、アレクシスが新たな警護の者は不要だと考えるのも当然かもしれない。彼のように腕の立つ実直そうな男がエリーザを護っていたのだとしたら、他の者は必要ないと思うに違いない。乳兄弟として信頼しているならなおさらだ。

だが――。

(だからって、わたしもおめおめと引き下がれない)

ここまできたら、もう後には引けない。

(それに、彼がどれほどの達人だとしても、戦う相手は彼ではないわ)

シュザンヌは自分を励ますように胸の中で呟くと、ぎゅっと拳《こぶし》を握り締めた。

そう、このレオンという男がどれほど腕の立つ使い手だとしても、これから戦う相手は彼ではない。アレクシスだ。王子が相手。ならば勝てるかもしれない。

不敬だと思いつつも、シュザンヌはそう思わずにいられなかった。

王子であれば当然剣をたしなんでいるはずだし、幼いころから一流の剣士や騎士に教えを請《こ》うているだろうが、仄聞《そくぶん》したところでは、アレクシス王子が剣の達人だという話はない。だとすれば、父に剣を習った自分が後《おく》れを取ることはないかもしれない。——ないはずだ。

(大丈夫……)

シュザンヌは胸の中で繰り返した。会ったばかりの自分に『わたしのものになれ』などという男に負けはしない。

すると、アレクシスはやってきたレオンに向け、

「今からこの者と手合わせをする。お前が審判を」

と、当然のように言う。レオンが目を丸くした。

「手合わせ!?　どうなさったのですか、突然に。それにこの女性はいったい……」

「この女は、エリーザが護衛につけようとしていた女だ。お前を差し置いて——な」

「!?」

途端、レオンは瞠目《どうもく》してエリーザを見つめる。気まずいのか、エリーザは目を伏せたが、レオンはそんなエリーザに近づき、尋ねた。

「……エリーザさま、わたくしに何か至らないところがございましたか」

「そういうわけではありません。ただ、同じ女性の護衛の方がと思っただけです。それだけ

なのに…お兄さまはこんな大袈裟《おおげさ》なことに……」

「当然だ。大事な妹の警護を任せる相手なのだ。どこの馬の骨ともわからぬ者ではなく、しっかりとした身元の者を、そして随一の剣の腕を持つ者をつけるのが当然だろう」

「ですがシュザンヌは他の者たちに勝ちました。それにマーカス侯の紹介状を持っておりました」

「それが本物ならばな」

「本物です！」

シュザンヌが声を荒《あら》らげると、アレクシスは「ほう？」と面白がるように微かに語尾を上げて言う。そして軽く首を傾《かし》げて言った。

「そういえば女、お前、名はなんといった」

「シュザンヌと申します。シュザンヌ・バローでございます」

「バロー？　どこかで聞いた名前だな」

アレクシスは考えるような顔を見せる。直後、

「もしかして、あの金杯騎士のバローどのの縁者でいらっしゃるのか」

レオンの驚いたような声がした。

「――父です」

シュザンヌが言うと、レオンは「おお」と…感嘆の息を漏らす。アレクシスも気がついた

ようだ。

「金杯騎士といえば、父上の近衛騎士団を率いていた男か。確かガザル渓谷《けいこく》での戦いやグルワーズの戦いの際に武勲を立てたという……」

「はい。父からもそう聞いております」

シュザンヌが頷くと、レオンは興奮に頬を紅潮させながら尋ねてきた。

「バローどのはお元気でいらっしゃいますか。あのころのわたしはまだ正式に騎士団入りをしてはいませんでしたが、お名前は常々聞いておりました。職を辞されたと聞いたときには、残念に思ったものです」

「……」

「今は、何を？　確かゾラス領に戻られたと聞いていたが……」

「はい。今は…少々具合を悪くしておりまして。療養いたしております」

「そうだったのですか」

残念そうに頷くレオンの表情や声音からは、彼が一人の騎士としてシュザンヌの父のことを惜しんでくれていることが伝わってくる。真面目で誠実そうな彼は、やはり心も美しいようだ。

しかし、アレクシスはそんな話に肩を竦めると、

「父親が療養しているなら、お前は看病をすべきではないのか。王都まで出てくる必要など

ない」

どこか馬鹿にするように言う。

シュザンヌはアレクシスを睨むと、「よくよく考えてのことでございます」ときっぱりと言った。

相手が王子であっても自分の意志を馬鹿にされたくはない。

だが、アレクシスは変わらずシュザンヌを嘲《あざけ》るように見つめてくると、

「なるほど。田舎で看病するよりも、王都での華やかな生活を望むというわけか」

冷たく、そして突き放すように言う。

「そんなことは――」

シュザンヌが言い返そうとしたときだった。

その眼前に、抜き身の剣が突きつけられた。模擬剣ではなく、本物の剣だ。

「殿下！」

「お兄さま！」

レオンやエリーザが声を上げたが、アレクシスは剣を引かない。よく研《と》がれたそれは、陽の光を受けて眩しく輝いている。

シュザンヌは突きつけられた刃《やいば》を見つめ、そしてアレクシスを見る。すると彼は微かに唇を上げて笑った。睨むと「いい目だ」とアレクシスは笑った。

「やはりお前の目は美しい。そんな目をされるとますますわたしのものにしたくなるな。もう一度訊《き》くが、勝負して負けるような愚は犯さず、素直にわたしのものになる気はないか。お前の望む、華やかな生活ならこの方法でも叶《かな》えられよう」

「わたしは、剣で生きていくと決めて王都にまいったのです」

重ねての侮辱の言葉に胸の中に憤りが込み上げる。それを堪えてシュザンヌが静かに言うと、アレクシスはじっとシュザンヌを見つめ、口の端を上げて剣を引いた。

「アレクシスさま……本気でこの者と試合を?」

レオンが狼狽《うろた》えた声を上げる。視界の端のエリーザも、不安そうだ。だがアレクシスは「ああ」と頷く。シュザンヌも「はい」と頷いた。

「勝てば、私がエリーザさまのお側にいることをお認めいただけるのですね」

「『勝てば』――な」

「畏まりました。お怪我をなさいませんよう」

「はははは。よく言った」

するとアレクシスは、傍らに控えている従者らしき男の一人に何事か告げる。

数分後、その男が持ってきたのはシュザンヌの剣だった。

「そこまで言うなら、真剣勝負だ。わたしは相手が女でも容赦せぬが、構わぬな?」

「構いません」

「アレクシスさま！　それにシュザンヌどのも何を……！」

焦りに上擦っているレオンの声を無視して渡されたレイピアを取り、シュザンヌは頷く。するとＮ、愉快そうに笑ったアレクシスが挨拶《あいさつ》代わりのように出し抜けに斬りかかってきた。

「っ――」

シュザンヌは予期していた動きでその一撃をかわすと、剣を抜く。間合いを取って構えると、アレクシスが微かに目を丸くした。

「ほう。いい剣だ。それは父親からのものか」

「左様でございます」

「では心が痛むな。それほどに娘を愛している父のいるお前を倒さねばならんのは――」

「やぁっ――！」

話をやめようとしないアレクシスに構わず、シュザンヌは鋭く切り込む。たて続けに二度、三度と斬りかかったが、すべて余裕を持ってかわされた。だがシュザンヌは構わず、さらにアレクシスに向かっていった。

(話を聞いては駄目だ。あの声音や口調に調子を狂わされて、いつものように動けなくなってしまう)

「はっ！　はっ！　はぁっ――！」

「おっと」

渾身《こんしん》の突きだったが、アレクシスはするりとかわしてしまう。

レオンも止める気配がない。ということは、アレクシスにはまだ余裕があるということだ。

それが悔しく、シュザンヌはぎりと唇を噛んだ。

すでに二人と試合をして、身体も神経も疲れている。にも拘わらず休憩もなしに三人目——それも今までよりも強い相手だ。相手が誰であれ負けられないが時間が経《た》つごとに不安が大きくなっていく。

（せめてさっきまでの試合がなければ……）

攻めてはいるものの攻めあぐね、シュザンヌはひとりごちた。

疲れのせいで、脚が震え始めている。速さと手数の多さを武器としている身では、動きが鈍くなることが辛《つら》い。

顔を顰めていると、そんなシュザンヌの正面で隙なく剣を構えたアレクシスが微笑んだ。

「そんな顔をするな。想像していた以上の動きに、驚かされていたところだ。なあレオン」

「はい……。体格差がありながらこれだけやれる者は、わたしの部下にもそうおりませぬ」

「そういうわけだ。このあたりでもうやめておかぬか」

「やめません！」

シュザンヌは、半ば意地になりながら言った。

想像していた以上の動き？

それはアレクシスの方こそ、だ。

最初こそ様子見だったのかシュザンヌの剣を受け流すだけだったが、身体が温まってからは余裕のある素晴らしい動きを見せている。

父のように力強いタイプではなく、シュザンヌのようにスピードを使うタイプでもないが、優雅でありながら無駄のない冷静な剣捌きは、まさに王家の剣と呼ぶに相応しいものに思える。

するとアレクシスは「そうか」と抑揚のない声音で言ったかと思うと、

「ならばあまり長引かせることのないよう努めよう」

「……っ！」

それまでの防戦一方から一転。一気に攻めかかってくる。

「はっ！　はァ……ッ！」

「つ……つく……」

「どうした。脚がふらついているぞ。もうやめておいたらどうだ。レオンが頃合いを見て止めるだろうが、万が一ということがある。わたしも女に怪我はさせたくない」

「やめ……ません……っ！」

シュザンヌは乱れた息の中言い返し、反撃に転じようとしたが、その剣先はアレクシスの一撃であえなく流される。それどころか、バランスを崩したところに鋭い切っ先が襲いかかってきた。

「つ――」

剣先が、なびいた髪を掠《かす》める。なんとか受けたものの、重い一撃に、手が痺れる。しかもその衝撃が癒《い》える間もなく、手元に、肩先に刃が襲いかかってくる。

そして、それから数分後。

「つ……!」

「――それまで！」

肩先をアレクシスの剣が掠め、シュザンヌがとうとう片膝をついてしまった瞬間、レオンの声が響いた。

(負けた――)

「つ……は……っ」

荒い呼吸を繰り返し、肩で息をしながら、シュザンヌは大きく顔を顰めた。

負けた。負けた、負けた。負けてしまった。

これでもう、エリーザの警護はできなくなってしまった。せっかく王都まで来たのに、目的を失ってしまった。父の名誉を回復することもできなくなってしまった。

しかし、肩を落とすシュザンヌの頭上から聞こえた声は非情だった。

「勝負あったな。エリーザの警護は以前通りレオンに任せる。いいな、エリーザ」

「お兄さま……」

「話し相手が欲しいなら、侍女を増やそう。退屈なら王宮に出入りしている商人たちに言いつけ、退屈しのぎになるようなものを持ち寄らせよう。だからこの話はこれで終わりだ。いいな」

そして言うだけ言うと、ぐっとシュザンヌの手を掴んできた。

「あっ――」

「来い。お前はわたしのものだ」

「お兄さま！」

「殿下!?」

エリーザとレオンの声が重なるように響く。シュザンヌは呆然《ぼうぜん》とアレクシスを見上げる。だがアレクシスはシュザンヌの腕を掴んだまま無理矢理立たせると、引《ひ》き摺《ず》るようにして部屋を出ていく。

「で、殿下……っ」

強引に連れ出され、シュザンヌは狼狽えた声を上げた。今さらながらに血の気が引いてくる。

本当に、本当にこのまま――？

(そんな)

今さら引けないとはいえ、身体が震える。

「で、殿下お待ちください！」

シュザンヌは混乱のまま声を上げる。なんとか足を止めようと何度も試みる。だがアレクシスからの声はなく、そして彼の足は止まらない。長い廊下を、まったく迷いなく進んでいく。

引っ張られているからか、広い城内はますます広く大きく感じられ、シュザンヌは不安に顔が強張《こわば》るのがわかった。

そしてどれほど歩いただろう。気づけば、薄暗い部屋の中に引き摺り込まれていた。

「殿…あっ——！」

そのままドンと壁に押しつけられ、痛みと衝撃に息が止まる。顔が近い。思わず突き飛ばそうとした手をきつく摑まれ、一纏《ひとまと》めに頭上に縫い止められる。シュザンヌは痛みに呻いた。

「つ——」

「おとなしくしていろ。お前は負けたのだ。そうだろう？」

「……」

「わたしが怖いか」

「……」

シュザンヌは答えなかった。

恐れている。彼のことも、これから彼がしようとしていることも。だが、それを素直に言うのは恥辱だった。

代わりにきつく睨むと、アレクシスは小さく笑う。そして空いている手でシュザンヌの頤を摑み、無理矢理顔を上げさせると、間近から見つめてきた。

「つくづく美しい青だ。さっきも思わず見とれるほどだったぞ。だがそんな美しい瞳が、今は怒りのような畏《おそ》れのような気配に包まれている……」

低い声で囁《ささや》くように言うアレクシスの表情は、シュザンヌの怯《おび》えを揶揄《やゆ》するような嗤うようなそれだ。

シュザンヌは一層きつくアレクシスを睨みつけた。

「わたくしを、どうするおつもりですか」

声が震えそうになるのが悔しい。そんなシュザンヌを見つめたまま、アレクシスが口の端を上げた。

「さて。どうするか。わたしに意見しておきながらわたしに負けたお前を」

「っ――」

思わずシュザンヌが暴れると、アレクシスはますます手に力を込める。

「怒ると一層美しくなるのだな。面白い。今までわたしの周りには、阿呆《あほう》のようににこにこと笑っているだけの女ばかりだったが…そんな女たちよりもずっと美しい」

「お、お離しください……っ」

「黙れ」

「殿下！」

「わたしを見ろ」

思わず目を逸らしかけると、頤を摑む指にも力が込められる。

すぐ側に、彼の瞳があった。こちらをからかうような、けれど熱っぽい双眸が。

その艶《なま》めかしさに息を呑むと、身体に身体が押しつけられる。シュザンヌは身体の震えを止められなかった。

今までどんなものにも畏れを感じたことはないのに、今は彼が怖い。

するとアレクシスはしばらくシュザンヌを見つめ、やがて、ふっと苦笑した。

「そんな顔をするな。まるでわたしが意地の悪い男のようではないか。お前とは正々堂々勝負をしたつもりだが」

「そ……れは……」

「勝負をして、お前は負けたのだ。ならば約束通りわたしに従うべきではないのか？　もっとも――怖くてたまらぬから許してほしいと正直に言うなら、許してやらぬこともない。騎士同士の約束ではなく男と女との約束ならば、守られぬこともままあるものだからな」

「つ……」

アレクシスの言葉に、シュザンヌはさっと頬を染めた。

彼は、シュザンヌが自ら自分を騎士ではなく女だと認めれば許してやると言っているのだ。女だから、怖いから許してほしい、とシュザンヌが言えば許してやる……と。

こちらの狼狽《ろうばい》を知られていることよりも、侮られたことが悔しい。

「……怖くなど、ありません……！」

シュザンヌはアレクシスを睨んだまま、強く言った。

「確かに、わたしは勝負に負けました。殿下のおっしゃる通りです。どうぞお好きになさってください。それが、殿下のお望みであれば」

「震えながら強がるな。さっさとわたしに許しを請い、ゾラス領へ戻れ」

「あなたに請わなければならない許しなどありません！」

声を荒らげ、視線に力を込めてシュザンヌは言った。ここで怖いと言うことも許しを請うことも簡単だ。だがそれは、騎士であることをやめるということだ。そんなことは、シュザンヌにはできない。

すると、アレクシスは微かに目を眇める。やがて、声を上げて笑った。

「生意気な女だな。わたしにそんな口をきくとは。少し遊んで放してやるかと思っていたが……気が変わった」

「ん……っ！」

次の瞬間、シュザンヌはくぐもった声を上げていた。唇に温かなものが触れたのだ。それがアレクシスの唇だと気づいたのは、口内に彼の舌が入ってきたときだ。舌は巧みに口内を動き回ると、シュザンヌが今まで知らなかった感覚を呼び起こしていく。

「ん……っん、ん、んんっ――」

音を立てて舌が蠢《うごめ》くたび、頭の芯《しん》がぼうっと痺れるようだ。角度を変えて口づけられ、舌に舌を絡められたかと思えば柔らかくそこを吸われ、その刺激の甘美さに膝から崩れそうになる。

シュザンヌはなんと口づけから逃れようと、幾度も身を捩った。だが唇は離れず、それどころか口づけはますます深く濃くなっていく。

「つふ……ん、んん……っ」

頭がくらくらする。上顎《うわあご》の凹《くぼ》みをなぞられると、身体の奥から温かなものが溶け出す気がする。

「……ん……っんぅ……っ」

身体が押しつけられているせいだろうか。胸が苦しい。痛むのではなく、苦しい。

普段は気にしていない胸の突起が、なぜかちりちりと疼《うず》く気がする。

「おやめ…ください……っ」

なんとか口づけから逃れたが、上げた声はあられもなく掠れている。

それに気づき、シュザンヌは真っ赤になった。

自分の声とは思えない。そして身体も。自分のものとは思えないぐらい、熱く火照《ほて》っている。

頬が熱い。耳が熱い。胸の奥が熱い。

今まで感じたことのない感覚に戸惑っていると、アレクシスがぐっと胸を掴んできた。

「んっ——」

そのはずみで、服が胸の突起に擦れる。その甘い刺激に、シュザンヌは高い声を上げた。

突き放したいのに、身体が動かない。

そのまま再び口づけられ、一層深い官能の沼にずぶずぶと沈められていく。

身体の奥で、熱が蠢く。今まで知らなかった快感がうねる。脚の間から、温かなものが溢れるのがわかる。

膨らみをゆっくりと揉まれると、そのたび、乳首がぴくぴくと震えてしまう。

たっぷりと時間をかけた口づけののち、アレクシスは唇を離すと小さく笑った。

「好きにしろと言ったのはお前だ。わたしが猶予《ゆうよ》を与えたにも拘わらず——な。今さらやめろといわれてもやめる気はない」

「あっ——！」

そしてシュザンヌが身に纏っていた服を乱すと、下着の中に手を挿《さ》し入れてくる。

シュザンヌは咄嗟に脚に力を込めてそれを阻もうとしたが、間に合わなかった。

誰にも触らせたことのない秘部に他人の指を感じ、どうすればいいのかわからなくなる。

すると、アレクシスはその部分の感触を確かめるようにそろそろと指を動かし、満足そうに口の端を上げた。

「口づけには慣れていないようだが、身体はいい反応だな。お前のような女が快楽によってどう変わるのか——見るのが楽しみだ」

「つ……っ」

濡《ぬ》れてぬめるそこをシュザンヌにわからせるかのように、わざとのようにゆっくりと指を動かすアレクシスに、シュザンヌは耳まで真っ赤になる。

恥ずかしくて恥ずかしくて、今すぐにでも逃げ出したくなる。だが、壁とアレクシスの身体に阻まれてろくに動くこともできない。

「や…め…て…ください……っ」

指が動くたび、そこはヌチヌチと淫《みだ》らな音を立てる。

その音に耳まで犯されるようで、ますます身体が熱くなる。拒絶の言葉が我知らず口をついてしまう。背筋に痺れが走り、腰の奥からとろけてしまいそうだ。

零れる息の熱さに目眩《めまい》がする。為《な》す術《すべ》なく、シュザンヌがもじもじと身を捩っていると、

「いい顔だ」

アレクシスの笑い混じりの声がした。

「さっきまでの気の強さも悪くないが、そういう顔もいいものだ。よほどこれが好きか」

からかうように言われ、シュザンヌは思わずキッとアレクシスを睨む。すると、アレクシスは一瞬目を丸くし、直後、くくっとくぐもった笑いを零した。

「まだそんな目をするか。これは、愛《め》で甲斐《がい》があるな」

「つん……っ――」

指先が、すでに敏感になっている淫芽に触れる。その瞬間、感じたことがないほどの強い快感に、大きく背が撓《しな》った。

逃げたくてたまらないのに逃げられない。

身体はまったく言うことを聞かず、そこを弄《いじ》られるたびに膝から力が抜けてしまう。

「ん…つん、んんっ――っ……！」

シュザンヌは次々押し寄せてくる快感からなんとか逃れようと必死で身を捩る。だが、アレクシスはそれを許さず、それどころか一層淫らに指を動かし始める。

「素直に声を上げてはどうだ。無理に我慢しているのは辛いだろう」

「我慢…な…ど……っ」

「ふん？」

「あ……っ！」

奥歯を嚙み締め、必死で声を殺すシュザンヌを嗤うように、アレクシスが肉芽を弄る。火照り、熱く大きくなっているそこを執拗《しつよう》に擦られ、シュザンヌはいやいやをするように頭《かぶり》を振った。

口元を手で押さえていないと、声が零れてしまいそうだ。それも、あられもなく淫らな、聞くに堪えない声を。

しかしシュザンヌがそんなふうに必死になればなるほど、アレクシスの指はより熱っぽく蠢く。

「つく……く……っ……」

「意地を張るのが好きな女だ。それとも――そうしてわたしを煽《あお》る趣向か」

「ちが……っ……っん……っ」

シュザンヌが真っ赤になりながら首を振ると、ややあって、アレクシスの指がふと動きを止める。

だがシュザンヌがはぁっ……と息をついた次の瞬間、

「あァ……っ――！」

一際強くそこを擦られ、シュザンヌはとうとう嬌声《きょうせい》を零していた。

不意打ちに、声が抑えられなくなる。溢れる淫液を繰り返し塗り込めるように強く弱く執拗にそこを弄られ、シュザンヌはひっきりなしに声を上げ、身をくねらせた。

どうすればいいのかわからないぐらい身体が反応して、怖ささえ覚えるほどだ。

指が動くたび、その敏感な部分を刺激されるたび、どうしようもないほどの快感が背筋を突き抜け、頭の中が真っ白になる。

「は……っあ、あ、あァ……ッ――」

温かなものが、際限なく零れる。恥ずかしいのに声が上がり、身体が熱くなってどうしようもない。

それでもなんとか抵抗するようにシュザンヌはアレクシスの腕に手をかけると、必死で身をくねらせ指から逃れようとする。だが、そうしてようやく少し離れられたと思った直後、

「あっ――」

今度は背後から抱き締められ、シュザンヌの口からより高い声が溢れた。

無防備な背後から抱きすくめられ、無遠慮に性器を嬲《なぶ》られれば、そのたび大きく背が撓り、淫らな声が口の端から零れてしまう。

「やめ……やめ、てください……っ…殿下……っ」

「こんなに零しておいて何を言う。ほら――もう――ここもこんなに大きく硬くなっている」

「あァ…っ――！」

「可愛《かわい》らしいな。ここを弄るたび、お前の身体はびくびくと震えてより柔らかくなる。まだ

硬かった果実が次第に熟れていくようにだ。ほら――」

「つぁぁ……っ」

「ここが好きだろう。恥ずかしがることはない。もっと声を上げればいい。今のお前にはそれしかできぬだろうからな」

「や……め……っ…ぁ…あァ……っ」

懸命に頭を振り、アレクシスの手に手をかけてそこから引き剝《は》がそうとするが上手くいかない。

それどころか、踠《もが》くたび彼の指はより奥へと挿し入り、執拗に敏感な部分を弄る。

背後から胸を揉まれ、性器を刺激されると、駄目だと思うのに、膝が開いてしまう。するとほどなく、耳朶《みみたぶ》を掠めるアレクシスの声がした。

「そろそろ――わたしを受け入れる頃合いか？」

「え……ぁ……っ」

次の瞬間、恥ずかしいほどに濡れたその熱い陰部に、今まで感じたことのない硬さと熱を感じた。

「！」

思わず息を呑んだ直後、

「ぁ――ぁぁぁぁぁっ……っ」

背後から一気に貫かれ、シュザンヌの唇から高い声が溢れた。

痛い。苦しい、怖い。けれど逃げようとしても、埋められた太い肉茎は深々と嵌まったままだ。

そのまま腰を使われ、シュザンヌは壁に爪を立て、いやいやをするように頭を打った。

「ゃ……っあ、あ、あぁ……っ」

「こんなに締めつけておいて、何が『嫌』なものか。むしろわたしを離さぬのはお前の方だ」

「ちが……っあ、あ、あ、あぁあぁあぁあ……っ」

言い返したいのに、言葉にならない。

背後から繰り返し突かれ、中を抉《えぐ》るようにして腰を使われると、言いたかった言葉はただの嬌声に変わってしまう。

苦しいのに中を抉られると気持ちがよくて、痛いはずのなのに心地がよくて、怖いのにねだるように自身も腰を揺らしてしまう。

アレクシスに突き上げられ、とろけた中を穿《うが》たれるたび、繋がった部分からわき起こる快感に、何も考えられなくなってしまう。

「は……っぁ…ん、あ、あ、あぁ……っ」

「もっと鳴いて見せろ。お前の声は、耳に心地よい」

「あぁ…ッ…あ、あぁ…っ…ぃぁ……っ…こんな…こ…ん、あ、あぁ……ッ――」

アレクシスが腰を打ちつけてくるたび、肉が肉にぶつかりパンパンと音を立て、粘膜と粘膜が擦れ合い、チュクチュクと猥雑《わいざつ》な音を立てる。

動物の格好で犯され、聞くに堪えない淫らな音を聞かされ、逃げ出してしまいたいほど恥ずかしいのに、身体はその羞恥《しゅうち》すら快感を煽る手段の一つにするかのようにますます火照り、燃え上がっていく。

「あ……っはぁ……っあ、ゃ…へん……っへん…にな…っ…ぁア……っ……」

「なればいい。もっとおかしくしてやろう、もっともっと乱れて――鳴けばいい。いい身体だ。これが本当に初めてだと言うなら、お前は天性の淫蕩《いんとう》な女だろうな」

「ち…が……っ」

「美しく、気は強くありながらその身体は淫らに男を求めるか。ますます面白い。そうだ――もっと乱れて見せろ。腰を振って声を上げて快感を貪《むさぼ》るがいい」

「や……っあ、あぁ……っ…ん、あ、あ、あぁ――っ」

声とともにそれまで以上に激しく荒々しく突き上げられ、シュザンヌは腰を突き出して身《み》悶《もだ》えた。

深く貫かれるたびに、それまで以上の快感が全身に広がり、腰の奥でうねる熱にとろかされてしまう。恥ずかしいのに声が抑えられず、アレクシスの動きに合わせてねだるように腰を振ることをやめられない。

「は……っぁ……っめ…だ…め……っ……」

律動を止めないままの彼の指が、もうすっかり熟れた肉芽に触れる。擦られ、捏《こ》ねるようにして摘《つま》まれ、目が眩《くら》むような快感に全身を震わせると、背後から腰を打ちつけてくるリズムが一層速くなった。

「は…っ…は…あ、あ、あ、あァ……っ」

「身体の内も外も――すべてわたしのものにしてやろう。喜べ麗しの騎士よ。お前はわたしのものだ――」

「や…ぁ……っぃぁ…っあ、んっ…あ、あ、ひぁ……ッ――」

「お前は、わたしのものだ……ッ――」

「あ、あ、あぁッ……！　あ、あぁぁ、あ、あぁ……ッ――…っ――」

ガクガクと揺さぶられ、立て続けに突き込まれ突き上げられ、シュザンヌは高い声を上げて絶頂に達する。

その直後、強く腰を摑まれたかと思うと、一際奥くまで突き込まれ、体奥に温かなものがしぶく。生々しさに全身を慄《わなな》かせると、その耳に息を乱したアレクシスの声が聞こえた。

「お前に部屋を与える。わたしが飽きるまでしばらくいるがいい」

「そ……ん…な……」

「いいな。お前は勝負に負けたのだ。おとなしくわたしの言う通りにしろ。まさか、約束を違《たが》えるような真似はすまい？　バローの娘ともあろう者が」

嗤うようにしてそう言うと、アレクシスは埋めていたものを抜き出し、何事もなかったように身なりを整えて部屋を出ていく。

耐えきれず床に崩れ落ちたシュザンヌは、まだ整わない息のまま震える身体を抱き締め、屈辱感に唇を嚙み締めることしかできなかった。

2

「はあ……」

それから二日。

シュザンヌは彼女の部屋として与えられた一室で、朝の着替えをしながら長く息をついた。

今日の朝の陽は昨日にも勝るほど清々《すがすが》しく、美しく目に眩しいほどだ。だが、気分は一日ごとに落ち込んでいく。

シュザンヌはまた一つ溜息をつくと、所在なく部屋を見回した。

広い部屋だ。大人が三人が寝られそうな天蓋《てんがい》付きの大きなベッドに絹のシーツ。上掛けにはカーテンと揃《そろ》いの王家の紋章が金糸と銀糸で刺繍《ししゅう》されている。

壁には王都の様子を描いた絵画と、誰かの肖像画。そして馬の絵が二枚だ。

反対の壁には、今は火が入っていないものの、よく手入れされていることが窺《うかが》える暖炉《だんろ》が設《しつら》えられており、優雅さの漂う部屋に優しい暖かみを添えている。

客人を泊める部屋の一つらしいが、シュザンヌが住んでいた城のどの部屋よりも広く、豪《ごう》奢《しゃ》だ。置かれているソファもテーブルも至るところに金や銀が使われている。

大きな窓からは、城を包むかのような森が見える。天井を振り仰げばこの部屋にも色鮮やかな天井画があり、王家の財力に圧倒されずにいられない。

浴室も充分すぎる広さだし、しかも、寛《くつろ》ぐための部屋はこの隣にある。つまりここは、眠るためだけの部屋――寝室なのだ。

(この部屋だけで、わたしが普段暮らしている部屋の倍以上ありそうだわ)

贅沢《ぜいたく》を好む者なら、垂涎《すいぜん》の環境だろう。嬉々《きき》としてこの状況を受け入れただろう。しかし、あいにくシュザンヌは違う。

アレクシスの命によりここに留《とど》められてからというもの、忸怩《じくじ》たる思いを噛み締めることしかできなかった。

あの男の言いなりになっていることを思うと、悔しくてたまらない。だがここを去れば、もう王女の護衛となる可能性もまったくなくなってしまうのだ。

しかも……。

『まさか、約束を違えるような真似はすまい？　バローの娘ともあろう者が』

アレクシスの言葉を思い出し、シュザンヌは唇を噛む。

自分の行動で、父に恥をかかせるわけにはいかない。どれほど嫌でも、勝負に負けた以上はここに居続けるしかないのだ。アレクシスの気が変わるまでは。

父には「しばらく城に留まることになった」とだけ書いた手紙を送った。本当のことなどとても書けなかったからだ。

妹は元気にしているだろうか……。

朝の爽《さわ》やかな空気の中でも、気持ちは晴れない。もう何度目になるかわからない溜息をまた一つついたときだった。

「あっ、シュザンヌさま、まだそんな格好で!」

シュザンヌ付きのメイドであるラダが、慌てたような声を上げた。

小柄だがくるくる動くラダは、シュザンヌの妹と同じ十五歳。

王都の果物屋の五女で、十歳のころから城に奉公に出ていたらしい。大きな瞳と大きな声、そしてそばかすと三つ編みが印象的な子だ。

領地にいたころはどちらかといえばおとなしい子がメイドだったから、しゃきしゃきと動き、メイドらしからぬ屈託のなさで話しかけてくるラダに最初は戸惑った。だが、彼女の明るさは嫌いではなく、むしろ日々の癒しになっているほどだ。

しかし、今。弱ったような困ったような顔を見せているラダを見ていると、癒《いや》されるどころか気まずさに落ち着かなくなってしまう。

シュザンヌは顔を逸らしたが、ラダはぐるりと回り込んでくる。そしてシュザンヌが着替えようと手にしていた騎士服を見た途端、「あっ」とさらに声を上げた。

「しかもどうしてこんな服を……！　せっかく殿下が素敵なドレスを用意してくださっているんですから、そちらにお着替えになった方が」

「わたしはドレスなんて着たくないの。むしろ突き返したいぐらいだわ。返してきて」

「何をおっしゃってるんですか。無理ですよぅ」

シュザンヌの声に、ラダは困ったように眉を寄せる。

だがそれはシュザンヌも同じだ。

クロゼットいっぱいのドレス。それらは、シュザンヌがこの城に留まることになってからというもの、折に触れてアレクシスから贈られているものだ。

彼によれば、「取《と》り敢《あ》えず揃えたもの」で「他に欲しいものがあれば言え」とのことらしいが、シュザンヌとしては迷惑極まりなかった。

贈られた服を見ていると、自分が彼のいいようにされたことを思い出して、悔しくて恥ずかしくてたまらなくなるのだ。見ているだけでそう思うのに、着られるわけなどない。

だから今も、シュザンヌは持参した服に着替えようとしていた。

贈られた服に比べれば遙《はる》かに質素だが、これが自分には似合いだと思っているから。

シュザンヌははーっと溜息をつくと、着替えを再開する。やがて身支度を調えると、朝食の前に少し剣の稽古《けいこ》をしよう、と思い立った。

情けをかけたつもりなのか、幸いにしてレイピアは手元にある。

しかしそれを手に部屋から出ようとしたとき。慌てた様子のラダが再び回り込んできた。

「シュザンヌさま、駄目です！　そんな格好でお出かけになっては！」

「これがわたしの服よ」

「そんなぁ」

ラダは眉を下げると「お願いですから着替えてくださいよぉ」と泣きそうな声を上げる。

その様子に胸は痛むものの、どうしても着替える気にはなれず、扉の前で立ち往生していたときだった。

いきなり、なんの前置きもなくバンと扉が開いたかと思うと、シュザンヌをこの部屋へ留めている原因――元凶であるアレクシスが姿を見せた。

相変わらずの堂々とした、そして優雅な佇まいだ。高貴さの中に見え隠れする精悍さは、彼の整った貌に男らしい色香を加え、溢れんばかりの魅力を醸し出している。

そんなつもりはなかったのに、思わず目を奪われ見つめてしまっていると、

「なんだその格好は。わたしが贈った服はどうした」

シュザンヌの視線の先で、アレクシスは微かに眉を寄せる。シュザンヌがはっと我に返ったと同時、彼はシュザンヌの腕を掴んできた。

やってきたのがアレクシスだと気づいたラダが、慌てたように頭を下げる。その傍らで、シュザンヌはアレクシスを睨みつけた。手を振り払おうとしたが、離れない。

「答えろシュザンヌ。わたしが贈った服をなぜ着ない」

「……着たくないからです」

「寸法が合わないか？　そんなはずはないと思うが」

「そ、そういうことではありません！　ただ、わたしはこうした服は——」

「お前の好みなど聞いていない。わたしが贈ったものを着ろ」

「……」

「なんだその顔は」

シュザンヌが表情を硬くすると、アレクシスはますます不機嫌そうに眉を寄せる。

ややあって、シュザンヌを見つめたまま、ラダに「外せ」と命じた。

彼女が急ぎ足で逃げるようにして部屋を出ていくと、アレクシスは「言いたいことがあるなら言え」と命令する口調で言う。シュザンヌは、ゆっくりと口を開いた。

「色々とお気遣いくださっていることには感謝いたしております。ですが、わたしは、わたしの服を着ていたいのです」

剣で負け、その上彼にいいようにされただけでも、抱いていた矜持《きょうじ》はズタズタなのだ。その上、彼の好みに染められたくない。そんなのはまっぴらだ。

「何より、殿下がお贈りくださった服はわたしには似合いません」

「着てみたのか」

「いえ」

「着てもいないうちから似合わないとなぜわかる」

「昔から似合っていなかったからでございます」

柔らかな素材の女性らしい服や、淡い色のひらひらとしたドレス。そうした服が似合うのは、いつも妹のセリアナの方だった。

シュザンヌはといえば、顔立ちは褒められることはあっても、女性らしいと言われたことは皆無だ。自分に似合う服を求めれば、自然と騎士の服になり、だからそればかり着ていた。

そう話すと、黙って聞いていたアレクシスはしばらくシュザンヌを見つめ、やがて、くくっと可笑しそうに笑った。

「な、何が可笑しいのですか」

シュザンヌが言うと、アレクシスは笑ったまま言った。

「お前は珍しいなと思っただけだ。普通の女はわたしから服を贈られればそれだけで喜ぶものだが……お前は違うのだな。だがわたしは似合うと思っている。どうだ、一度ぐらいは着てみぬか」

「お断りします」

「王子であるわたしの命令だとしても——か？」

「命令なら従います」

シュザンヌがアレクシスを見据えて言うと、見つめ合った数秒後、アレクシスはふっと笑った。

「まあいい。服ぐらいでくどくど言う気はないからな。好きにしていろ。何を着ていようが、お前がわたしのものだということに変わりはない」

「わ、わたしは殿下のものというわけでは」

「だがわたしの命令をきくのだろう」

「それは……」

自分の言葉を逆手に取られ、シュザンヌは言いよどむ。アレクシスはますます口の端を上げると、意味深な表情を見せながらシュザンヌの顔を覗き込んできた。

「それとも——ああ——そうだ。ならばこうするか？　今ここでわたしにその唇を許すなら、服を着ることは強制するまい。だが許さないというなら、服を着ろ」

「そんな！」

「さあ——どちらにする」

慌てるシュザンヌに愉快そうに笑ってアレクシスは言うと、シュザンヌの唇をツッ……となぞる。

「！」

その瞬間、むず痒《がゆ》さとともに覚えのある甘い痺れがうなじから背筋に走り、シュザンヌは狼狽えながら身を逸らした。だがそうして逃げてみても、頬が熱くなるのを止められない。ほんのわずかに触れられただけなのに——否、だからこそ、その些細《ささい》な刺激に反応して、身体が熱くなってしまう。

自分の淫らさに、シュザンヌは頬を染めながら唇を噛んだ。

無理強いされたあの日のことなど、早く忘れてしまいたい。なのに忘れられなくて、折に触れて思い出してしまうから一層忌々《いまいま》しい。

だからなおさら、服なんか着たくないのだ。彼から贈られたものなど。

かといって唇を許すのも嫌で、なんとか逃げる方法はないかとシュザンヌは考える。

しかし数秒後、

「時間切れだ」

囁かれたかと思うと、強引に引き寄せられ、そのまま口づけられた。

「んっ——」

慌てて逃げようとしたが、がっしりと抱き締められて逃げられない。

温かな舌は当然のように口内に挿し入ってきたかと思うと、シュザンヌの舌を探り、味わうように愛撫する。粘膜が触れ合うたび、そこから溶けてしまうような快感が込み上げ、頭の中がぼうっとしてしまう。

突き放したいのに、身体から力が抜けて上手く動かなくなる。唇が触れているだけなのに、それだけでなく、まるで魔法にかけられたように。

「んぅ……っ……」

ほどなく、チュプッと濡れた音を立てて唇が離れると、シュザンヌははあっと湿った息をついた。

頬が熱くなっているのがわかる。

恥ずかしくて悔しくて思わず俯いてしまうと、アレクシスは満足したように腕を解き、笑いながら部屋を出て行った。

(っ……またあの男のいいように……っ)

シュザンヌが拳を握り締めたとき。

「シュザンヌ…さま……？」

入れ替わるように、ラダが戻ってきた。シュザンヌは慌てて表情を取り繕ったが、不自然だったのだろう。

「大丈夫ですか？　シュザンヌさま」

ラダは不安そうに近づいてくると、気遣うように尋ねてきた。

シュザンヌは「大丈夫よ」と答えたが、信じてもらえなかったようだ。じっと見つめられ、シュザンヌは慌てて目を逸らした。

「大丈夫よ」

「……」

「本当に大丈夫」

全然大丈夫じゃない。

けれどラダにそう言うわけにいかず、シュザンヌは大丈夫だと言い張る。すると、ラダは「本当ですか？」と神妙な表情で見つめてくる。シュザンヌが頷くと、ラダはしばらくシュザンヌを見つめたのち、はーっと大きく息をついた。

「シュザンヌさま。何もないなら、殿下にあんな態度を取られちゃ駄目ですよ」

「駄目って……」

「駄目です。殿下はこの国で一番の方なんですよ？　あ、もちろん本当の一番は陛下ですけど、陛下がご病気の今、この国は殿下にかかっているんですから。……って、みんな言ってます。なのに、そんな殿下にあんな態度を取られるなんて」

「あなたに迷惑はかけないわ」

「わたしのことなんていいんです」

ラダは真《ま》っ直《す》ぐにシュザンヌを見て言う。

「殿下は、本当に素晴らしい方なんですよ？　悪く言う人もいるみたいですけど、いろんな新しいことを取り入れて、殿下が表舞台に出てきてからというもの、国はどんどん豊かになっているんです。……って、みんな言ってます」

「……そう……らしいわね」

「そんな方が気にかけてくださっているのに、あんな態度を取るなんて……酷《ひど》いです」

「わたしは――」

あまりに一方的に言うラダに、シュザンヌは思わず言い返しかけ――やめる。

王宮で働く彼女から見れば、確かにアレクシスは特別な存在なのだろう。シュザンヌだって、こんなことになるまではそう思っていた。辺境にいても、彼の素晴らしさは折に触れて話題になっていたから。

それにラダは、どうしてシュザンヌがこの城にいるのかを詳しくは知らない。

最初に会ったときも「殿下の大切なお客さまのお世話にまいりました」と言っていた。まだ幼いようだし、本当に本気で「大切なお客さまのお世話」をしているつもりなのだろう。まるで囲われ者のような現状を、シュザンヌが厭《いと》っていることなど気づかずに。

ラダの声は続く。

「幼いころからずっとずっと、殿下はこの国のために頑張ってこられたと聞いています。立派な方なんです。それに、凄く凄く素敵です！　あの髪、瞳……ああ……わたしこんなに間近で殿下を拝見できるなんて思っていませんでした」

そして声は、次第に熱を帯びる。

「エリーザさまといい、本当にお美しいご兄妹で――」

「——ラダ」

これ以上その声を聞きたくなくて、シュザンヌは割り込むように声を上げる。

「え？」という顔を見せたラダをひたと見つめると、シュザンヌは静かに言った。

「一人にしてくれる？　別に逃げたりはしないから」

「え…あの……」

「一人で考えたいの」

「は、はい……」

するとラダは怯えたように頷き、「失礼しました」とそそくさと部屋を出ていく。

一人きりになった部屋。

閉じた扉をしばらく見つめると、シュザンヌは大きく息をついた。

「八つ当たりしちゃったな……」

ラダはただ、王宮に勤めるメイドとしての純粋な忠誠心からアレクシスについて話し、シュザンヌに意見しただけだ。彼女は悪くない。なのに、苛立ってあんな言い方をしてしまった。後悔に胸が痛む。

だがあれ以上、彼女の話を聞きたくなかったのだ。アレクシスの話を聞きたくなかった。

彼のことを考えたくなかった。

シュザンヌは、唇を噛む。

再び重ねられた唇。求めていたことじゃないはずなのに、唇が、身体が悦《よろこ》ぶように震えてしまったのはどうしてだろう。

肌が粟立《あわだ》ち、頭の芯が痺れて……。

否、今でも、そこに残る感触に、身体と心が惑わされている。

もしかしたら、自分もいつか誰かと唇を重ねることもあるのだろうか、と密かに想像したことはあった。広い胸と逞しい腕に包まれ、優しい口づけを受けることを。

父と母のように、ずっと愛し合う幸せな結婚に憧《あこが》れてもいた。

なのに——。あの日の口づけは、求愛や誓いの口づけでもなければ、夢見ていたような甘い口づけでもなかった。

それなのに……。

シュザンヌはふらふらと引き寄せられるように鏡台の前に行くと、鏡に映る自身を見つめる。そしてそろりと自らの唇に触れてみた。アレクシスに口づけられた唇。

その瞬間、びくりと背が震える。鏡の中の女の頬は上気し、とても見ていられない淫らな表情を浮かべている。

「——っ」

シュザンヌは押し寄せてきた羞恥から逃れるように顔を逸らすと、クロゼットの前へと足を向ける。

ゆっくりとそれを開けてみると、目の前に並ぶのは色とりどりのドレスだ。アレクシスが贈ってくれたものたち。それらは見ているだけで心が浮き立つほどの美しさと繊細さで、着るつもりはなかったはずなのに、思わず触れてしまう。

彼はどんなつもりでこれを贈ってきたのだろう。

これらが似合うと、本当に思ってくれていたのだろうか。

シュザンヌはドレスを見つめる。

妹なら――セリアナならきっと似合っただろうけれど……。

それとも、彼は誰にでもこうして贈り物をするのだろうか。誰にでも――どんな女性にでも。

「だって、慣れていたわ」

からかうように口づけを奪っていったアレクシスを思い出し、ぽつりと呟くと、シュザンヌは再び唇に触れた。

そこは、ついこの間まで何も知らなかったのに、今はもう、何が気持ちいいかを知ってしまった。

「っ――」

シュザンヌは慌てて頭を振る。

頬が熱いのが、煩《わずら》わしくてたまらなかった。

3

「シュザンヌ、元気にしている？」

「はい、エリーザさま」

五日後、シュザンヌはエリーザの部屋へやってきていた。

エリーザはシュザンヌと会った次の日から、王都から少し離れた離宮に住む祖母——皇太后の見舞いに行っていたらしい。今日戻ってきたのだ。それを聞き、シュザンヌは矢も楯《たて》もたまらず面会を希望した。

どうしても一言、礼を言いたかったためだ。

床に膝をつくシュザンヌが身に着けている服は、アイリス色の地に、袖《そで》と襟《えり》は純白と銀、そしてミモザ色で王家の紋が描かれた美しい騎士の服だ。

昨日、エリーザからこれが届けられたのを見たときは、嬉しくてたまらなかった。

シュザンヌは、エリーザの前に片膝をついて深く頭を下げたまま、礼の言葉を口にする。

「このたびは、どうしてもお礼を申し上げたくまいりました。このように素晴らしい服をありがとうございます。お側にはいられませんが、心はいつでもエリーザさまとともにございます。どうか何かご用の際はいつでもお呼びください」

だが、待ってもエリーザからの声はない。

どうしたのだろうかとそっと顔を上げて窺えば、エリーザは少し困った顔だ。

「エリーザさま……？」

シュザンヌは首を傾《かし》げる。

するとエリーザは「顔を上げて？」と柔らかく言ったのち、「これは秘密なんだけれど」と苦笑して続けた。

「実はね、それはわたしからのものではないの」

「え？」

「お兄さまからのものよ、わたしの名前で贈るように言われたの」

「！」

アレクシスから!?

「そ……」

「ごめんなさい。でもわたしもあなたにとても似合ってると思うわ。今までの服も素敵だけれど、せっかく城にいるのだから新しいものを着てほしかったの。綺麗《きれい》な服を着たらもっと素敵だと思ったから」

にこにこと、エリーザは言う。しかしシュザンヌはその言葉も耳に入らないぐらい混乱していた。

この服を、アレクシスが？

(わたしがドレスは着ないと言ったから？)

でもどうしてわざわざこんな……。

考えていると、エリーザが小さく溜息をついた音がした。

「それにしても、お兄さまにはなんとかわかってもらえないかしら。あなたにそんな服を贈るぐらいだから考えも変わったのかと思っていたのに…あなたを側に置いてもいいかと訊いてみると、やはり駄目だというのよ」

「エリーザさまは、今でもわたしを……？」

シュザンヌがそろそろと顔を上げて尋ねると、エリーザは深く頷いた。

「もちろんだわ。あなたのことはとても好きなの。会ったばかりなのに可笑しいわよね。でも誠実で強くて…憧れるわ」

「そんな。勿体《もったい》ないお言葉です」

シュザンヌは深く頭を下げる。

そう言ってもらえるのは嬉しい。心からそう思う。けれどその一方で、少し自信をなくしかけているのも事実だった。

腕には自信があった。なのにアレクシスには負けてしまったのだ。

しかも今まで警護をしていたレオンは、そのアレクシスにも勝るという。だとすれば相当のものなのだろう。彼を差し置いてエリーザの警護ができるかと言われれば……今は正直、「最善を尽くす」としか言えない。

ラダの話でも、彼はこの国随一の騎士らしい。

王子の腹心中の腹心。乳兄弟で高潔で誠実で忠誠心に篤《あつ》く、次々武勲を立てているらしい。しかもそんなにも素晴らしい騎士でありながら、驕《おご》ることなく謙虚で誠実で分け隔てなく優しいから、王城の内外で彼に惹《ひ》かれている女性も多いらしい。

『わたしの友人も、みんなレオンさまのことが大好きなんですよ。あんな方に護られてみたいっていつも言ってます。アレクシス殿下も素敵で憧れますけど、殿下は恐れ多くて……』

ラダの言葉が脳裏に蘇《よみがえ》る。

確かな腕を持つ誠実な騎士。しかもエリーザとも昔からの知り合いとなれば、警護の責任役としては、申し分ないというわけだ。

シュザンヌから見てもその佇まいに隙はなく、「彼に任せている」と言われれば悔しいが頷くしかないほどだ。

父に剣を習ったときに一番に言われたのは、戦う相手の力量をきちんと知ることだった。

無闇に剣を振るうだけが騎士ではなく、相手の力を見誤らないことが大事なのだ、と。

だが、そんなレオンに護られていてもやはり気がかりなことがあるのか、エリーザは顔を曇らせたままだ。

やがて、何か決意を秘めたような表情を見せると、さっとシュザンヌの手を取った。

「わたし、なんとしてもお兄さまにわかってもらうように話すわ。だからシュザンヌ、待っていてね」

「は、はい……」

シュザンヌは頷いたものの、どうしてそこまでエリーザが自分を求めるのだろうかと不思議に思わずにいられなかった。

アレクシスではないが、どうしてそんなにこだわるのだろう？

気になってしまうから、気持ちは嬉しいものの胸の中には疑問が募る。それに、このせいで兄妹の仲が悪くなってしまったりしないだろうか。

しかし王女であるエリーザにここまで言ってもらっているのに、異を唱えられるわけがない。

シュザンヌは「ありがとうございます」と礼を言うと、そのままエリーザの部屋を後にした。

自分の部屋へ戻るため、長い廊下を歩き中庭の回廊をぐるりと巡る。季節の花に彩られた庭に目をやると、そこにはシュザンヌの故郷でも咲いている花があった。

懐かしさに足を止め、見つめていると、胸の中が切ないような思いでいっぱいになる。生まれ育ったゾラス領を離れておよそ十日。王女の警護を志望してこの城へやってきたはずが、思ってもいなかったことに巻き込まれている。

自分はこれからどうなるのだろう。このまま、ただアレクシスの気分のままに翻弄《ほんろう》されるしかないのだろうか。

「アレクシス…殿下……」

ぽつりと呟き、シュザンヌは慌てて口元を押さえた。

さっきエリーザとの話に出てきたからだろうか。そんなつもりはなかったのに名前を呼んでしまうなんて。それに、頬が熱い。

シュザンヌは熱を払うように頭を振った。

いくら王子とはいえ、あんなに傍若無人で身勝手な男のことなど、考えないようにしなければ。

だが……。

そう思った端から、彼の面影が脳裏を過《よ》ぎる。

(いったいどうしたの……わたし……)

シュザンヌは自分に起こっている不測の事態に混乱しながら、手荒く髪をかき上げた。金の髪が乱れ、一房二房、額に落ちかかる。

こんなこと、今までにはなかったことだ。気がつけば誰かのことばかり考えてしまうなんて。

この服を着ているからだろうか。

シュザンヌは、自分の服にそっと触れる。

生地一つ取っても、今までのシュザンヌでは見ることもなかった見事なものだ。模様も細かく美しく、着ているだけで背筋が伸びる気がする。

てっきりエリーザが贈ってくれたと思っていたのに、まさかアレクシスからのものだったとは。

そう思うと、なんだか着ていることが恥ずかしい。

だが、シュザンヌにとってドレスより遙かに心浮き立つこれは、一度着てしまったらもう脱ぎたくない魅力に溢れている。

(どうしようかしら……)

佇んだまま、シュザンヌは胸の中でひとりごちた。

アレクシスから贈られたというこの服。知ってしまった以上、彼に礼を言わないわけにもいかないだろう。

できれば会いたくないのが本音だが、礼も言えない女だと思われたくない。どんな育てられ方をしたのだと思われたくない。

しかし、彼はどこにいるのだろう。

シュザンヌは部屋へ帰ろうとしていたのを取りやめ、アレクシスを探す。

王子なのだから誰かに居場所を聞けばわかるだろうと思ったのだが、こんなときに限って誰もいない。

それに、この城で自分はどういう扱いになっているのだろう？

エリーザの警護として仕えているならともかく、アレクシスに囲われるような現状が多くの人に知られているなら、あまり人目に触れたくないというのが本当の気持ちだ。

どうすればいいだろう、と思わず溜息をついたときだった。

「どうなさいましたか」

不意に、背後から声がした。

びっくりして振り返ると、そこにいたのはレオンだ。

「あ……」

どんな顔をすればいいのかわからずシュザンヌが固まっていると、彼は穏やかな笑みで近づいてきた。

「お久しぶりです、シュザンヌどの。何か、お困りのことが？」

「い、いえ。あの……」

急なことに、シュザンヌは言葉に詰まる。まさかレオンに出会うとは思っていなかった。

彼は、自分がアレクシスにされたことを知っているはずだ。エリーザの警護をしているわけでもないのに、城に居続けている理由も。

それを思うと恥ずかしさに身の置きどころがない。それに、そんな立場の自分がアレクシスに会いたいなどと伝えれば、どんな目で見られるだろう？

だがレオンはあくまで紳士的だ。

穏やかに微笑んだまま、シュザンヌが話すのを待ってくれる。その雰囲気も、こちらを蔑《さげす》むようなものではない。必要以上に興味津々《しんしん》な様子でもない。

シュザンヌは迷ったものの、そっと口を開いた。

「その…殿下に、お目にかかりたく……」

「アレクシス殿下に？」

「はい。あの…お礼を一言申し上げたくて。この、服の」

すると、レオンは「ああ」と破顔する。彼はアレクシスがこの服を贈ったことを知っていたようだ。

「では一緒にまいりましょうか。おそらく、今は東の厩舎《きゅうしゃ》の方にいるはずです」

「厩舎？」

「はい。最近新しい馬を何頭か飼い始めましたので、その世話をしているのでしょう」

「馬の世話を？　殿下自らですか」

「お好きなのです。昔はよく遠乗りに行きました。それに、自分が乗る馬はなるべく自分で世話をするというのが殿下のお考えで。さあ——どうぞ。ご案内いたしましょう」

「そう…なんですか……。で、でもレオンどののお仕事は」

「大丈夫です。アレクシスさまやエリーザさまのお側でお二人をお護りするのがわたしの仕事とはいえ、常に張りついていなければならないわけではありませんから。もちろん、部屋の警護はしっかりと部下に命じておりますが、元々城内は限られた者しか武器を携えることができませぬゆえ」

「は、はい」

先に立って歩き始めるレオンについていきながら、シュザンヌは今の話に軽い驚きを感じていた。まさかアレクシスが馬の世話をしているなんて思わなかった。

確かに馬は大事だ。足が速く体力のある馬が騎士に重宝されることはシュザンヌも知っているし、戦《いくさ》では、馬の善《よ》し悪《あ》しが機動力の有無に関《かか》わってくるから、戦況にも大きな影響がある。

しかしだからといって王子自らが世話をするとは。一国の王子が馬丁《ばてい》の真似をするなど、聞いたことがない。

（いくら好きとはいえ……）

変わっている。それに、あんなに傲慢で王子然としているのに。

思いがけないアレクシスの一面に、シュザンヌが驚いていると、

「そういえば、シュザンヌどの」

レオンがおもむろに口を開いた。

「失礼ながら、一つ伺いたいことがあるのです」

「……なんでしょうか」

シュザンヌが応《こた》えると、レオンは少し言葉を選ぶような間を空け、言った。

「わたしがお尋ねしたいこととは他でもありません。エリーザさまのことです」

張りつめた気配の声だった。シュザンヌが思わず足を止めると、レオンも止まる。

そして思いつめた声音で続けた。

「わたしは、まだ幼いころよりエリーザさまを護ってまいりました。アレクシスさまとエリーザさまをお護りすることが、わたしの仕事です。ご無事を願うあまり、ときに口やかましく申し上げたこともございますし、侍女たちと対立したこともございます。ですが、それも何よりお二人のご無事を護るためのこと。だからこそ、エリーザさまも最後には必ずわたしの気持ちを汲んでくださいました。……今までは。それなのに、いったいどうして新しく警護の者を希望なさるのか……！」

言いながら熱が入ってきたのか、最後は彼らしくないほどの語気の荒さで言う。直後、レオンははっと息を呑んだ。

「あ——も、申し訳ない。決してシュザンヌどのの腕を侮っているわけでは」

そして慌てたように謝るレオンに、シュザンヌは苦笑して頭を振った。

「いいんです。事実、わたしは殿下に負けたのですから、その殿下にも勝るというレオンどのにはとうてい及ぶ腕ではありません」

「いえ」

だが、レオンも首を振る。

「あれはあくまであのときだけのこと。それに、詳しく聞けばシュザンヌどのはすでに二人と試合をなさっていたとか。であれば条件は五分ではありませんでした。二人とも五分の状態であれば、どうなっていたか」

アレクシスに聞かれるとまずいのでは、とシュザンヌが心配するほどの真剣さでレオンは言う。その誠実さに、シュザンヌはどうして彼がアレクシスやエリーザから信頼されているかわかる気がした。

そして誠実だからこそ、彼はエリーザの様子に悩んでいるに違いない。

とはいえ、数日前にここに来たばかりのシュザンヌだ。詳しい事情はわからない。シュザンヌは考えながら言った。

「わたしにも、エリーザさまのお気持ちははかりかねます。レオンどのはそうおっしゃいますが、わたしは正直なところ、やはりレオンどのの腕には敵《かな》わないと思っておりますので」

それはエリーザさまもおわかりかと。にも拘わらずエリーザさまが女性の護衛を希望されるということは、やはり、何か女性ならではの理由ではないのでしょうか。女性は、一見無駄だと思うことでも大切にしたり、男性から見れば取るに足らないことでも気にしてしまうことがあるので」

こんな説明で納得してもらえるかどうかはわからない。だがレオンに非があるわけではない、という気持ちを伝えたくてそう言うと、レオンはしばらく考えるような素振りを見せ、やがて、「そうですか……」と頷いた。

「そうですね……。そうかもしれません。剣のことはともかく、わたしはあまり女性に慣れている方ではありませんし、どこかで配慮が足りない部分があったのやもしれません……」

そしてがっくりと肩を落とす様子は、なんだか気の毒になるほどだ。彼が悪いわけではないのだろうが、シュザンヌがそう言っても気にしてしまうものらしい。

その様子がなんとなく微笑ましく、シュザンヌは思わず笑みを零した。

「レオンどのは、エリーザさまのことを大切に思われているのですね」

「えっ!?」

「？」

感じたままを軽い気持ちで言ったはずが、思わぬレオンの反応に、シュザンヌも驚いてしまう。

そんなに変なことを言っただろうか？

シュザンヌが目を丸くしていると、レオンは「あ、いえ」と口籠もり、やがて、「はい……」と照れたように頷いた。

「わたしの母は、殿下の乳母《うば》だったのです。それが縁で、陛下にお二人の遊び相手として選ばれてからというもの、ありがたいことに親しくさせていただいておりました。そのご恩に報《むく》いるためにも、何があってもお二人をお護りしよう、それが自分の使命だと思って過ごしております」

強い決意を示すその声は、誠実さに満ちている。

レオンにこんなに慕われているということは、アレクシスも素晴らしい王子なのだろう。ラダも言っていたように。

だが、自分は田舎から出てきたばかりだから、彼のことについてほとんど知らない……。

「あの……」

再び歩き出しながら、シュザンヌはそっと声を上げた。

「アレクシス王子は、どんな方なのですか？　恥ずかしながら、田舎者ゆえ都のことは何も知らず……。殿下のことも時折噂を聞く程度だったのです。お目にかかれたときには、いきなり『帰れ』でしたし」

そしてその後は……。

シュザンヌは彼との行為を思い出しかけ、慌てて頭を振ると、赤くなっているかもしれない顔を見られないようにそれとなくレオンから顔を逸らす。その耳に、レオンの声がした。

「殿下は、この国を背負うに相応しい素晴らしい方です」

きっぱりとした声に、シュザンヌは思わずレオンを見る。横顔は、誇りに満ちていた。

「確かに、強引なところもございます。いささか気分屋なところも。ですが決断力や判断力、臣下への正しい評価は、いずれ王になるべき方としてこれ以上の方はいらっしゃらないでしょう。何より、この国と民を愛しておられます」

「そう…ですか……」

「はい。それに、剣の腕も確かです。立ち合ったあなたなら、わかるかと存じますが」

「ええ——はい」

シュザンヌは頷いた。

アレクシスのことなど褒めたくはないが、ここは頷かざるをえない。

彼の剣は迷いも卑怯《ひきょう》なところもない、本当に剣筋の美しいものだった。

(そういえば、成り行きとはいえ、わたしは王子と手合わせしたのよね……)

思い出すと、今さらながらに興奮が蘇る。金杯騎士の娘とはいえ、田舎の一介の騎士だった自分が王子と手合わせすることになるなど考えてもいなかった。

(あんな賭《か》けがなければ、もっといい思い出になったでしょうに)

胸の中で溜息をつきながらレオンについていくと、やがて、どこからか動物の匂いが感じられ、馬のいななきが聞こえてくる。

そろそろ厩舎なのだろう、と思ったとき。

「んっ？」

不意に、レオンが声を上げる。

シュザンヌもつられて彼が見ている方を向き——絶句した。

そこには、上半身裸で馬を洗っているアレクシスの姿があったのだ。

「で、殿下！　そのお姿はいったい!?」

慌てて、レオンが駆け出す。

シュザンヌも唖然《あぜん》とするしかない。

しかし、当のアレクシスはといえば、格好など気にしないといった様子で楽しそうに馬を洗っている。

馬を見つめる優しい瞳。動かすたび、しなやかに隆起する腕の筋肉。引き締まった胸元と腹部。汗の浮いた、ほどよく焼けた肌。

嫌でも目に飛び込んでくるそれらは眩しいほどで、はしたないとわかっていても目が引き寄せられてしまう。

あまりに不意のことで動くこともできずにいると、声でレオンに気づいたらしいアレクシスがこちらを見る。目が合い、慌ててシュザンヌは目を逸らした。

だが目の奥には、まだアレクシスの半裸が焼きついている。胸がドキドキして、落ち着かない。

とはいえ、いつまでも一人でここに突っ立っているわけにはいかない。

仕方なくシュザンヌも足を進めると、二人からは少し距離を取ったところで片膝をつき、頭を下げて礼を取る。

そうしていると、レオンとアレクシスの声が聞こえてきた。

「どういうことですか殿下。その格好は……」

「これの世話をしていたら暑くなったのだ。どうせ水もかかるし、この方が動きやすいからな」

「ですがいくらなんでもそのお姿は……。それに、他の馬丁はどうしたのですか」

「向こうの方で馬に鞍《くら》をつけているはずだ。この馬の世話が終われば、少し街へ出かけてくる」

「街へ!? そのようなご予定は——」

「先ほど決めた。建国記念祭も近いからな。街の様子も見ておきたいと思ったのだ」

「伴《とも》の者は……」

「必要ない」

「殿下！　そんなわけには――」

「必要ない。伴の者など連れていけばかえって目立つだろう。それよりお前はいったいどうしたのだ」

ひとしきりやりとりしたのち、アレクシスが不思議そうな声を上げる。レオンがシュザンヌのことを告げると、アレクシスが「ほう？」と微かにからかいを含んだような声を上げた。

シュザンヌは、自分の全身が緊張するのがわかった。一層深く頭を下げると、足音が聞こえ、目の前に泥に汚れた靴先が見えた。

「顔を上げよ」

その声にそろそろと顔を上げると、まだ半裸のままのアレクシスが見下ろしてきていた。間近に目にするアレクシスの裸の胸に、シュザンヌは思わず赤くなり俯いてしまう。

すると、

「ああ――」

アレクシスは苦笑混じりの声を上げ、レオンに服を取るように命じる。そしてそれに袖を通すと、「これでいいか」と尋ねてきた。

頷いたものの、耳が熱くなっているのがわかるから顔が上げられない。話さなければと思うのに、なかなか声が出ない。アレクシスを待たせていると思えば思うほど、頭が混乱して何も言えなくなる。

シュザンヌがすっかり惑っていると、

「焦らずともいい」

アレクシスの声がした。

その優しい声に驚いて顔を上げると、彼は両の口の端を上げ、微笑んでいた。

「驚かせてしまったようだからな。話すのはゆっくりでいい。だがそれにしても、お前がわたしに話とはなんだ。意地を張るのはやめ、おとなしくわたしのものになる決心がついたか」

「ち、違います！」

シュザンヌは真っ赤になりながら声を上げた。

レオンもいるところで何を言い出すのか。慌ててあたりを見たところ、幸い、レオンは近くにいない。彼はアレクシスの代わりに馬の世話をしているようだ。

聞かれなかったことにはほっとしたが、頬の熱さは消えないままだ。見つめてくる瞳が楽しそうに煌《きら》めいていることが悔しい。

しかしようやく口を開こうとした寸前、

「――殿下」

一人の若い男が、両手に馬を曳《ひ》いてやってくる。馬丁なのだろう。

やってきたのは、芦毛《あしげ》と栗毛《くりげ》の馬だ。どちらも素晴らしい馬体で、手入れが行き届いていることが一目でわかる。

賢そうな瞳に、つやつやとした鬣《たてがみ》、綺麗な蹄《ひづめ》。馬装も馬の毛色に合わせた白と茶だ。アレクシスが乗る馬の割には簡素な馬装なのは、やはり「お忍び」で出かけるからだろう。

（それにしても凄い……）

シュザンヌも馬を持っているが、この二頭は比べものにならない名馬だ。さすがは王子の馬というところか。

自分の馬は可愛らしく、大好きだが、やはりずば抜けて素晴らしいものを目にすると、つい興奮してしまう。

（撫でてはいけないかしら）

少しだけでもこの美しい馬たちに触れてみたい――。シュザンヌがそう思ったときだった。

「さっさとしろ――行くぞ」

不意に、アレクシスの声がした。

えっ、と声のした方を見れば、馬丁と話をしていたはずのアレクシスが、いつの間にか栗毛の馬に乗っている。

「ど、どうなさったのですか、殿下」

驚くシュザンヌに、アレクシスはクイと顎をしゃくった。

「どうしたもこうしたもない。街に行くといっただろう。お前も来い。話ならそこで聞く」

「え…お、お待ちください、わたしは──」

「さっさと乗れ。それとも馬には乗れぬか」

「そんなことはありません！」

笑いながら言うアレクシスにシュザンヌが言い返すと、馬を曳いている馬丁が苦笑しながら「どうぞ」と手綱を渡してきた。

「この馬の名前は、ミルスと申します。賢く、よく言うことを聞くいい馬です」

「は、はい……。でもそんな馬にわたしなどが乗っていいのでしょうか……」

「殿下がいいと言うのですから、いいのでしょう。今日は王宮を出て乗りに行かれるということでしたので、お好きな方に乗っていただこうと二頭を用意していたのです。ですからすでに用意も整っております。どうぞ、お乗りください」

シュザンヌの立場を知っているのか知らないのか──それとも、そんなことはそもそも気にしていないのか、若い馬丁は穏やかな笑顔で言う。

シュザンヌは迷ったものの「わかりました」と頷くと、鐙《あぶみ》に足をかけ、素早く馬に跨った。

(うわ……)

乗ってみると、馬のよさがますますよくわかる。

確かにおとなしいのだが、かといってぼうっとしているわけではなく、乗り手の指示を忠実に守るタイプの馬だ。

める。


「素晴らしい馬ですね」

シュザンヌが感激しながら言うと、馬丁は「ありがとうございます」と嬉しそうに目を細める。

自慢の馬なのだろう。

王子のための、特別の馬。

成り行きとはいえ、そんな馬に乗ることになってしまったことに、シュザンヌは改めて緊張する。しかしそのとき。

「——行くぞ」

アレクシスは言ったかと思うと、門へ向けてさっさと馬を走らせ始める。シュザンヌは慌ててその後を追った。

(凄い……)

やはりいい馬だ。

軽く腹を蹴《け》っただけで、すぐに反応する。しかも先を行くアレクシスに追いついたかと思うと、ほぼ隣を——しかし絶対に前に出ないよう足並みを合わせるようにしてついていく。

「なるほど。乗れるというのは本当のようだな」

すると城を出たところで、アレクシスが面白がるように言った。

「この馬が素晴らしいのです」

シュザンヌが思ったままを言うと、アレクシスは満足そうに笑った。

「少しスピードを上げるか。道中も景色を眺めながら行きたいところだが、なかなかそうはいかぬ。心配性のレオンが倒れぬうちに帰らねばな」

そしてどこか面白がっているような口調で言うと、さらに馬を走らせる。シュザンヌは慌ててその姿を追った。

馬上にいるアレクシスは、いつも以上に精悍に見える。そして楽しそうだ。

今まで見たことのない、少年のような表情を浮かべている。

馬が本当に好きなのだろう。

笑みは眩しいほどで、シュザンヌはついついアレクシスを見つめてしまうのをやめられない。

（なんて……）

素敵なのだろう。

そんなつもりはなかったのに、目が離せない。

そのままどのくらい走っただろう。アレクシスは少しずつスピードを落として街の賑やかな区域に入っていくと、今度はそれまでとは一変し、馬をゆっくりと歩かせながら、あたりに目を配り始める。行き交う人たち、道の端を飾る露店、そこで立ち話をしている女性たち、路地を駆け回っている子供たち……。

その瞳は、慈愛に満ちているとともに、責任感を思わせるそれだ。王子の眼差《まなざ》しだ。

シュザンヌはそんなアレクシスの傍らで同じように街を眺める。つくづく、活気があっていい街だ。何より、人々の表情が明るい。自信と誇りに満ち、この街で充実した生活を送っていることが伝わってくる。

王子であるアレクシスが予告もなくただ一人で街を訪れればパニックになるのではと危惧《きぐ》していたが、彼が言っていた通り、伴の者がいないせいで目立たないからか、まさか王子が街までやってくると思っていないからなのか、あたりの人々は皆、特にアレクシスに注目することもなく、普段通りに自分の仕事をしている。

「どう思う、この街を」

するとふいに、アレクシスがそう尋ねてきた。見れば、彼はリラックスした様子ながらも真剣な表情だ。

シュザンヌは「素晴らしいと思います」と答えた。

「古い街並みの美しさを活かしながらも、きちんと計画された都市としての便利さも感じます。そして何より、人々が皆元気です」

「そうだな」

すると、アレクシスは満足そうに頷いた。

「父上がまだお元気だったころから、少しずつこの王都を拡大していく計画を進めていたのだ。広さだけではなく、経済的に大きく発展させ、近辺諸国の要《かなめ》となる街と——国となるために」

「はい……」

「そのためには何より人だ。だからわたしは、街の自治をある程度住民たちに任せることにした。もちろん報告はさせる。だがなるべく自由にさせた方が、より皆が喜ぶだろうと思ってのことだ。結果——王都にあるいくつものギルドや商会は互いに切磋琢磨《せっさたくま》するようになり、以前にも増して街は賑やかになった。そして周囲から人が集まるようになり、外貨も獲得できるようになった。王都が肥え、国が肥えればさらによい政治ができる。今はまだ検討している最中だが、いずれはすべての子供たちにもっと高度な教育を施すこともできるだろう」

「すべての……？　本当ですか？」

シュザンヌは驚きながら尋ねる。シュザンヌ自身は侯爵の娘として充分な教育を受けられたと思っている。だが、周囲にはそうでもない者も多くいた。その機会がなかった使用人やその子供たちだ。

そして彼女たちが上手く読み書きができないことや早く計算ができないことを恥ずかしそうにしているのを見るたび、なんとかできればいいのにと思っていたのだ。父もそれは考えていたようだが、やはり実行にまでは至っていない。アレクシスはそれを行動に移そうというのか。

するとアレクシスは「ああ」と頷く。

「教師の数を増やしたり、希望があれば色々な専門家を各地に派遣できればと思っているのだ。そのための財源さえしっかりと確保できれば、決して不可能ではないだろう」

その表情は、明るさと強さに満ちている。毅然として美しい男の貌はあまりに魅力的で、自然と視線が引き寄せられてしまう。

あまりに長く見つめてしまったせいだろう。

「？　どうした？」

アレクシスが不思議そうに尋ねてくる。

「い——いえ……っ」

シュザンヌは慌てて頭を振ると、頬を染めながら顔を逸らした。

いったいどれほど見つめてしまったのか。

耳まで熱くなるのを感じていると、

「そういえば、お前の用というのはなんだ」

気ままに馬を進ませていたアレクシスが、思い出したように尋ねてくる。

シュザンヌははっと息を呑むと、アレクシスの隣に馬を並べる。そしてしっかりと見つめて言った。

「この服をお贈りくださったと聞きました」

途端、アレクシスは軽く眉を上げる。そして小さく苦笑を見せた。

「なんだ、もうばれてしまったのか。エリーザのやつときたら黙っていられぬのだな。それで、それがどうした」

「一言お礼を申し上げたく参上いたしました。わざわざのお気遣い、ありがとうございました」

一気に言い終えると、シュザンヌは深く頭を下げる。

すると、アレクシスは声を上げて笑った。

「お前は本当に変わっているな。ドレスはあんなに嫌がっていたのに、この服には礼を言うとは」

「そ、それは…ドレスをいただいても困ってしまうので」

「似合わないから――か？　わたしはそうは思わぬがな。まだ一度も着ないままか？　試しに着てみろ。きっと似合うだろう」

「……」

「嫌か」

「……」

「王子であるわたしの言葉を信じぬと？」

「決してそのような。ただ…今まで似合ったことがありませんので」

「この間もそう言っていたな。だがそれはお前の思い込みだ」

「周りも皆――」

「今までお前の周りにいた者は見る目がなかったのだ。わたしの方が審美眼がある」

自信たっぷりにアレクシスは言うと、不意に馬を寄せ、間近からシュザンヌを見つめてくる。

距離の近さに、シュザンヌは息を呑んだ。爽やかな汗の香りが鼻腔を掠め、酩酊《めいてい》に似た甘い目眩を覚える。

黒茶色の双眸はこちらをからかっているようであり、しかし本気でそう思っているようにも感じられる。

見つめ合っていると否応《いやおう》なく心がさざめく気がして、シュザンヌは思わず顔を伏せる。

途端、アレクシスがやれやれというように小さく息をつく声がした。

「とにかく、似合わないというのはお前の思い込みだ。だから気が向けば着ろ。命令すれば着せられるのだろうが、本来なら心浮き立つはずのものを強制して浮かぬ顔をさせるのは興ざめだからな」

そしてシュザンヌを責めるでなくそう言うと、また街の様子に目を戻す。強引かと思えば、細やかな気遣いを見せるアレクシスに、シュザンヌは戸惑わずにいられない。

いったい、彼はどういう人なのだろう。

王子として傲慢な面を見せるかと思えば、手ずから馬の世話をしたり一人で街に視察に出る気軽さも持ち合わせていて……。見るたびに表情が違って、まったく摑めない。

ただ一つわかっているのは、見た目だけの王子ではないということだ。

剣の腕も、馬の扱いも、この国への想いも、すべて王子たるべき資質を持ち得ていると思う。

色々な人がそう語っていたように。

「つ……」

シュザンヌは、それを実感しながら、胸の痛みを覚えていた。

敬愛すべき王子。シュザンヌだって、本当ならそのつもりだった。王女エリーザの警護に就き、王家や王、王子に忠誠を誓う騎士となり、父の名を回復させるのだ、と。

だが、今の自分はどうだ。

はっきりとしない立場で、ただアレクシスの言うままあの城に留められている。

思わず俯いてしまったときだった。

「——危ない！」

突然、アレクシスの大きな声がしたかと思うと、彼が強く手綱を引く姿が見える。

そして彼は瞬く間に馬を下りると、馬の前にしゃがみ込む。

「殿下!?」

いったい何が、とシュザンヌも馬を下りる。直後、目に映ったのは、馬の前で震えながら固まっている小さな男の子の姿だった。

「ど……」

どうしたのかと思っていると、

「大丈夫か!?」

アレクシスは声を上げ、そっと子供の身体を揺さぶる。

すると、子供はそろそろと顔を上げ、何が起こったのかわからない、という表情でアレクシスを見上げる。幸いにして、馬にぶつかったり転んだりはしていないようだ。

シュザンヌがほっとしていると、アレクシスもほっと息をついた。そして子供を見つめると、諭すように言う。

「急に飛び出したら危ないだろう。気をつけないと」

その声や瞳は真剣なものだ。

子供にもそれが伝わったのだろう。

「うん……」

と慄《おのの》くように頷く。が、直後、アレクシスはふっと微笑むと、子供の頭をグリグリと撫でた。

「びっくりしたか？　大丈夫か」

「うん……びっくりした！　でもだいじょうぶ！」

するとは子供は、ようやく元気を取り戻したように声を上げ、その場でぐるっと回ってみせる。

アレクシスはますます微笑むと、「気をつけろよ」ともう一度子供の頭を撫で、立ち上がる。

男の子は「うん！」と大きな声で返事をすると、もう何事もなかったかのように元気に駆け出していく。

思いがけず優しいアレクシスの貌に、シュザンヌは戸惑わずにいられなかった。王子なのに、まるで市井《しせい》の人のように気さくに男の子と接していて。

だがそんな姿は一層魅力的だ。

(不思議な人……)

シュザンヌがその姿を見つめていると、アレクシスが馬の首を撫でながら苦笑した。

「活気がありすぎるのも考えものだな。子供たちが元気で危なっかしくて仕方がない。注意していたつもりだが、ますます気をつけねば。これも驚いただろう」

そして急に止まることになった馬を労るように、その首を優しく叩くと、

「帰る前に、少し休むとするか」

そのまま馬を曳いて歩き始める。シュザンヌも慌てて続くと、アレクシスは一軒の宿屋の

前で足を止める。そして当たり前のように屈託なく宿の人と話をすると、馬のための水と人間のための食べ物をもらう。よく熟れたアムカの実だ。

「ほら——これはお前の分だ」

そしてその一つをシュザンヌに放ってよこしてくると、二頭の馬に水を与え、大きく伸びをした。

「いい天気だ。できればもう少しのんびりと街を見て回りたいところだが、そろそろ帰らねば周りが煩《うるさ》い」

そのままアムカの実を無造作に囓《かじ》りはじめる様子は、王子でありながら一人の男としての魅力に溢れている。シュザンヌは胸が高鳴ると同時に、そこがまたしくりと痛んだのを感じる。

「い、いただきます……」

誤魔化《ごまか》すようにアムカの実に口をつけると、それは甘酸っぱい味がした。

食べ慣れている果物なのに、なんだか別の食べ物のようだ。美味《おい》しいけれど、味がしないような気もする。近くにアレクシスがいると思うと、なんだか味がよくわからない。

「そういえば、お前の父の領地に問題はないか」

すると不意に、アレクシスがそう尋ねてきた。

「……？　どういうことでしょう」

いきなりの質問に戸惑いながらも、シュザンヌは尋ね返す。急にそんなことを尋ねられると思っていなかった。するとアレクシスは「言った通りの意味だ」と近くの木に背を預けながら言った。

「問題はないか、と尋ねたのだ。少し前に燃料が高騰《こうとう》していたようだがそれは落ち着いたか」

「は…はい……」

どうしてそんなことまで、と驚きつつ、シュザンヌは頷く。

確かに、ゾラス領では少し前に燃料が高騰してちょっとした騒ぎになった。

ゾラス領では、木炭や石炭といった生活・工業用の燃料を隣国シルメスからの輸入と、山二つ隔てたハーブル領からの採掘に頼っているのだが、そのハーブル領から採掘された燃料が長雨の影響で山を越えて運ぶことができなくなり、一時的に燃料やそれを使って作られる製品すべての値段が高騰してしまったのだ。

幸いにして、大きな混乱はなかったし事態は一月《ひとつき》ほどで収まったが、あのときはさすがの父も奔走《ほんそう》していた。シュザンヌもそんな父の手足となって事態の収拾に努めたのだが、まさかそれをアレクシスが知っているとは思わなかった。

「ご存じ、だったのですね」

驚きながらシュザンヌが言うと、アレクシスは「ああ」と小さく頷いた。

「一応はこの国の王子だからな。各地を治めることはそれぞれの領主たちに任せているから口を出す気はないが、いつも目を配ることはしている。特に、ゾラス領のように国境のある国はなおさらだ。いつなんどき、隣国との争いの火種《ひだね》が生まれるとも限らぬ」

「ゾラス領は、そのような……」

「わかっている。シルメスとは長年友好的な関係を築いているからな。だがそうした国ばかりではない」

アレクシスは言うと、アムカの実を食べきり濡れた口元を手の甲で拭《ぬぐ》う。その仕草と彼の話す言葉、そして声の不思議なバランスに、シュザンヌは知らず知らずのうちに見入ってしまう。

(やっぱり、不思議な人……)

シュザンヌはひとりごちた。

王子として生まれ、育てられていると、こんなふうになるのだろうか。強引で傲慢で身勝手で、他人を自分の思い通りにしようとするところがある一方で、それだけの力を持つ者に相応しい責任感もしばしば覗かせる。そしてふとしたときに飾らぬ自然さを露《あら》わにする。

知らずにいた彼の一面を少しずつ知れたはずなのに、知れば知るほど、アレクシスという男のことがわからなくなってしまうようだ。

そしてわからないから、もっと気になってしまう。

（「気になる」……？）

シュザンヌは自身の感情に大きく戸惑う。すると、ずっと黙っていたからだろうか、

「どうした。疲れたか」

アレクシスが顔を覗き込んでくる。

突然近づいた端整な貌に、シュザンヌは驚いて数歩下がると「いえ」と首を振った。

「そういうわけでは……」

「ではどうしてそんな顔をしている」

「……」

正直に答えることはできず、シュザンヌは言葉に迷う。だがアレクシスは、じっと見つめてくるばかりだ。シュザンヌは頬が熱くなるのを感じつつ、なんとか取り繕うように口を開いた。

「その…自分の馬のことを思い出していたのです。ゾラス領に置いてきた、馬のことを」

「里心がついたか」

「どうでしょうか。ただ、こんなに離れていたのは初めてなので」

アレクシスの追及を誤魔化すために持ち出した話だったが、話していると次第に本当に馬たちのことが懐かしくなってくる。

今回の旅には一番つき合いの長い愛馬を連れてきたが、他の子たちは城でおとなしくして

いるだろうか。

世話をしてくれるのはシュザンヌよりもずっと年上で、シュザンヌが生まれる前から馬を扱っているような熟練した馬丁だから不安はないが、こんなに長く離れたことはなかったから少し寂しくなる。

「馬が好きなのだな」

すると、アレクシスがどこか嬉しそうに見つめてくる。

シュザンヌはその笑みに戸惑いつつ、こくりと頷いた。

「殿下がお持ちの馬たちほどではございませんが、ゾラスに気に入りの馬が何頭か」

「そうか」

「殿下は、馬がお好きなのですね」

たっぷり水を飲み、満足そうな表情を見せている馬の身体を撫でているアレクシスにシュザンヌが言うと、彼は「ああ」と深く頷いた。

「そうだな。好きだ。この馬のように賢く扱いやすい馬はもちろんだが、実を言えば少しわがままを言うぐらいの馬の方が好きやもしれん。はじめは手に負えぬぐらいの馬を、慣らして手の内に入れたときの思いは格別だ。ああ――そういえば、そうした馬たちは少しお前に似ているのかもしれぬな」

アレクシスの手が、シュザンヌの手を取る。

それだけなのに、動けなくなる。狼狽するシュザンヌの耳元で、アレクシスが囁いた。

「美しく勝ち気で、最初はこのわたしの言うこともろくに聞き入れぬ。だが、いずれは皆、わたしに従うようになる。おとなしく身を委《ゆだ》ね、甘えるようになる……」

自信に満ちたその声音と双眸は、背筋を震わせる。離れなければと思うのに、離れられない。

きつく握られているわけではないのに、彼の手から逃げられない。

息をすることも忘れてアレクシスを見つめていると、彼は小さく口の端を上げた。

「だからお前も早く心を決めろ。いつまでも頑《かたく》なな態度で抵抗せず、素直にわたしのものになるがいい」

「わ…わたしは馬ではありません……！」

シュザンヌは、辛うじて声を上げる。アレクシスが、喉《のど》の奥で笑った。

「知っている。お前は馬とは比べものにならぬほど、可愛らしく鳴く」

「！」

耳殻《じかく》を撫でる甘い毒のような声に、シュザンヌは身体の熱が上がるのを感じる。

逃げようとした寸前、摑まれている手の甲に、アレクシスの熱っぽい唇が押し当てられた。

獰猛《どうもう》な色香を漂わせた双眸に上目遣いに見つめられ、シュザンヌは息を呑む。

身体の奥が一気に熱を孕む。これ以上、彼の声を聞いていられない。顔を見ていられない。

一緒にいられない。

「そ、そろそろ戻られた方がいいのでは!?」

シュザンヌは慌てて手を引くと、馬の手綱を取り、素早くそれに跨る。そしてアレクシスから顔を逸らしたまま、馬を進ませ始めた。

心臓が早鐘を打っているのがわかる。

あと少しでも見つめられていたら、引き寄せられて、なし崩しに彼の腕の中に倒れ込んでしまいそうだった。矜持も何もかも投げ出して。

シュザンヌは前だけを見て馬を進めたけれど、ざわめく胸中はしばらく治まらなかった。

4

しかし二人で出かけたことで、アレクシスが気をよくしたのだろうか。

それからというもの、服は毎日贈られてきた。

色や素材は違うものの、どれも丁寧に作られた美しく高価そうな騎士服ばかりで、シュザンヌはそれらを見るたび困惑が隠せなかった。

礼など言うべきではなかっただろうか。

(でも……)

王家に忠誠を誓った騎士の娘として生まれ、その父に剣を習い、自らも王女の警護をすべくやってきた身の上で、王子からの贈り物に対して何も言わないわけにはいかなかったのだ。

たとえそれが、シュザンヌを護衛ではなく妾《めかけ》として城に留め置こうとしている王子だとしても。

大きなクロゼットの中、先に贈られたドレスと同じ数並んだ服を見つめながら、シュザンヌは溜息をつく。

シュザンヌ付きの侍女であるラダは、それがなんであろうがアレクシスから贈られてくるものはすべて素晴らしく感じるようで、何かが届くたび「綺麗ですねえ」と無邪気に喜んでいた。

彼女がもっと年配で世慣れていれば――もしくはシュザンヌ自身がこうした贈り物に慣れていれば、相手の立場を尊重しつつ上手く断ることもできたのかもしれないが、あいにく二人ともこうした社交には不慣れだ。

本当はもう贈ってほしくないと、これ以上アレクシスに借りを作りたくないと思いつつも断れない。

「まあ…そのうち飽きるでしょう」

それを期待するしかない。

そしていっそ、自分に対しての興味もなくしてほしいと思う。エリーザの警護ができないのなら、この城に居続ける意味はないのだから。

(そうよ)

妾としてなんて、冗談じゃない。

しかしそう思った直後。

この城を離れアレクシスともう二度と会えなくなることを想像すると、寂しさのような切なさのような感情が胸を過ぎる。

「まさか」

シュザンヌが思わず声にしてしまったときだった。

不意に、バン！　とドアが開いたかと思うと、

「おい——お前」

いきなりアレクシスが入ってきた。

しかもその表情はといえば、数日前と打って変わって硬く厳しいものだ。

アレクシスはシュザンヌを睨むようにしてつかつかと側までやってくると、「どういうつもりだ」と凄むような声音で言った。

だが、シュザンヌは戸惑うしかない。

「いったいどうなさったのですか」

そろそろと尋ねると、アレクシスは一層大きく顔を顰めて言った。

「とぼけるな。エリーザのことだ。お前、いったい何を吹き込んだ」

「エリーザさまの？　どういうことでしょう」

「とぼけるなと言っているだろう。あれはまたわたしに言ってきたのだ。お前を側に置きたいと。レオンがいるにも拘わらずだ。お前が唆《そそのか》したのだろう!?」

「な……違います！　わたしはそんな……！」

アレクシスの剣幕に慄きながら、シュザンヌは頭を振った。

脳裏に、数日前のエリーザの言葉が蘇る。シュザンヌを護衛にしたいと、またアレクシスに頼んでみると言っていた。

アレクシスが怒っているのはそのことなのだろう。危惧した通り、二人の仲が拗《こじ》れてしまったに違いない。

抑えきれない怒りを感じさせるアレクシスは、厳しい表情でシュザンヌに迫ってくる。

シュザンヌは思わず下がったが、アレクシスはさらに近づいてくる。また下がるとまた一歩。そうして壁際に追いつめられ、シュザンヌは懇願するように頭を振った。

「お待ちください、殿下。わたしは誓って何も――」

「嘘をつけ!」

「本当です!」

シュザンヌは声を上げると、なんとか事情を説明しようと試みる。しかし、上手く言葉が思いつかない。エリーザの名前を出して彼女のせいにしたくないために、弁解の言葉が見つからない。

視界に映るアレクシスの表情はきつく厳しいそれのままだ。

整った顔立ちなだけに、そうして怒りを露わにすると、怖さは底知れない。数日前に見た、あの爽やかな貌が嘘のようだ。それだけ憤っているということなのだろう。

シュザンヌを睨んだまま、アレクシスは顔を歪めて言った。

「お前の希望は叶えてやったつもりだ。わたしのものになることもドレスも、無理強いせずにいたつもりだ。なのにその仕返しがこれというわけか」

「違います、本当に――」

「ではお前はエリーザの護衛は望まないということか」

「それは……」

シュザンヌは口籠もる。望んでいないといえば嘘になる。唇を噛むと、アレクシスの双眸が眇められた。

「やはりな」

「でもわたしはエリーザさまを唆したりなど――」

「ではどうしてだ。エリーザは今までこのようなわがままを言う妹ではなかった。自分の立場を弁《わきま》えた、賢く素直な妹だったのだ。今度のようなことは今まで一度もなかったというのに……。お前があれを唆したのだろう？」

「違います！」

シュザンヌは大きく頭を振った。

確かに今でもエリーザの警護をしたいと思っているし、彼女がアレクシスに話してみると言ったときには、その気持ちに感謝した。けれど唆したことはないし、そのつもりもなかった。

しかしアレクシスは、表情をきつくするばかりだ。

「ならばなぜエリーザはあのようにお前にこだわるのだ。お前が画策したのでなければ、なぜだ！」

「それはわたしにもわかりません。ですがきっと何か、こだわる理由がおありなのだと……」

シュザンヌが言うと、アレクシスは顔を歪める。

「何が理由だ」

そして苦々しげな声で吐き捨てるように言った。

「わたしに話せぬ理由など、どうせ下らぬ理由だ。それに、お前がそれに便乗したことには変わりない。勝負に負けておきながら、いつまでも女々しくエリーザにまとわりつくか。あ——女々しいのではなく女だったな。潔く負けを認めることもできぬ、ただの女だ」

嘲るような声に、シュザンヌはぎゅっと拳を握り締めた。怒りに震えが止まらない。

アレクシスがエリーザを大切に思っていることはよくわかっているが、だからといってどうしてここまで言われなければならないのか。

シュザンヌは二度、三度、四度と深く息をついてなんとか気持ちを落ち着かせると、

「とにかく、もう一度話し合いをなさってはいかがですか」

控えめに、アレクシスに提案した。

「エリーザさまにも、きっとご事情があるはずです。下らないと切り捨ててしまわずに、どうか――」

「必要ない」

だが、アレクシスはそう言い切ると、きつくシュザンヌを睨みつけてきた。

「第一、ここへ来てまだ半月ほどのお前になにがわかる!? あれのことを一番よく知っているのはわたしだ」

「確かにご兄妹であれば、すでに色々なことをお話しなさっていることかと存じます。ですが家族にも話せないこともあると思うのです。それをご理解の上で、今一度お時間を――」

「黙れ!」

次の瞬間、アレクシスは声を荒らげた。シュザンヌをきつく睨むと、ぎゅっと拳を握り締めて続ける。

「まだ幼いころより、あれとわたしは隠し事のない兄妹だ。母を亡くし、父が倒れてからは、一層だ。お前に指図される謂《い》われはない。思い上がるな」

「そんな。わたしはただ――」

「それともわたしとエリーザとを会わせることで、より仲違いをさせようという魂胆か?」

「ちが……」

声を上げかけた直後。

アレクシスの手が服にかかったかと思うと、それを荒っぽく引き裂かれた。

「⁉　殿下⁉」

「何か勘違いしているのかもしれないが、お前はわたしの妾としてここにいるのだ。おとなしく、わたしに抱かれていろ」

「殿下！」

「黙れ。二度とエリーザに近づくな。お前はこの部屋でわたしの訪れを待っていればいいのだ」

そのまま強引にベッドに押し倒され、シュザンヌは咄嗟に逃げようと抵抗した。

いつもは何をしていても優雅さを漂わせているアレクシスが垣間見《かいまみ》せる、猛々《たけだけ》しいほどの激しさに、戸惑わされ混乱させられる。

組み伏せられた身体を必死でばたつかせたが、アレクシスの逞《たくま》しい体軀《たいく》はびくともしない。

「い……や……っ」

それでも踠くと、大きな手にガッと頤を摑まれた。

「！」

「おとなしくしていろ。わたしに抗《あらが》える立場か？」

「こ、こんな卑劣な真似をされる謂われはありません！」

「卑劣？　わたしに対して卑劣というか。いい度胸だ」

そしてアレクシスは低く唸るように言うと、そのまま深く口づけてきた。

「ん…っ…ん、ぅん…っ……！」

温かな舌が、口内で跳ねる。まるで食べられてしまうかと思うほどの深く激しい口づけだ。息も継げず、頭がクラクラする。頤を摑まれているせいで、逃げることもできない。

こんなことはもう嫌だと思うのに、執拗に舌を舐《ねぶ》られれば、覚えのある快感がじん…と頭の芯を痺れさせ、身体が上手く動かなくなってしまう。

辛うじて身を捩ったが、そのはずみで裂かれていた服がなおさら破れる音がする。びくりと慄くと、ふっと鼻先で嗤ったアレクシスに一気に服を引き裂かれた。

「あ……っ」

下着が露わになり、シュザンヌは思わず胸元を隠す。すると次の瞬間、無防備になっていた下肢に手が伸びてきたかと思うと、シュザンヌが身に着けていた丈の短いズボンに触れる。

「あっ！」

止める間もなく前立てを緩められ、そのまま下着ごと一気に引き下ろされた。

「つ……っ」

秘部が露わになり、シュザンヌは真っ赤になる。

脚を摑まれたかと思うと、無慈悲にも大きく開かされた。

「いやあ……っ」

シュザンヌは悲鳴を上げたが、アレクシスは手を離さない。

微かに片頰を上げると、もう一方の脚も摑み、シュザンヌの抵抗を封じ、さらに大きく開かされた。

「……もう濡らしているのか」

そして聞こえてきた言葉に、シュザンヌは耳まで真っ赤になった。アレクシスの目に自分の秘部がと思うと、全身が熱くなる。

「や……めて……ください……」

「……」

「お願いです……見ないで……っ」

シュザンヌは喘《あえ》ぐように声を上げると、いやいやをするように頭を振る。だがアレクシスの視線の気配が離れることはない。そして見られていると思うとどうしてなのか、一層そこが湿っていく。

「淫らな女だ」

アレクシスの声がした。

「見られるだけで濡れるのか。いったいどれほど浅ましいのか――」

アレクシスの容赦のない言葉に、シュザンヌは唇を嚙む。と、そんなシュザンヌにさらにアレクシスの声がした。

「自分で脚を抱えろ。お前の好きなところを弄ってやろう」

「そ……」

あまりの言葉に、シュザンヌは真っ赤になる。だがアレクシスは、冷たく見下ろしてくるばかりだ。

「さっさとしろ。それとも自分で弄ってみせるか。どちらがいい」

「殿下――殿下、お許しください！　わたしは――」

「お前の言い訳など聞かぬ。やましい思いがないというなら、黙ってわたしの言うことに従え」

突き刺さる冷たい声に、シュザンヌはきつく唇を嚙む。

やがて、頭の中が今までにないほど熱くなるのを感じながら、そろそろと自身の脚に手を伸ばす。そのままゆっくりと抱えると、言われるままに大きくそこを開いて見せた。

濡れた音が耳を掠め、シュザンヌはますます頬を染めた。

「また一層――ここが濡れた。もう尻の方まで伝っているぞ。いやらしい女だ」

そんなシュザンヌに、アレクシスはふっと嗤う。

そして言うなり、露わになっているシュザンヌの秘所に触れると、ゆるゆるとなぞり始めた。花のようなそこは、アレクシスの指が触れた瞬間、ピチュッと濡れた音を立てる。

愛液が溢れている事実を思い知らされ、シュザンヌは羞恥に目の奥が赤くなるのを感じた。

そのまま指は媚肉《びにく》をなぞり、そこで震えている小さな突起に触れる。

「つァ……っ」

その瞬間、シュザンヌの身体が大きく跳ねた。思わず脚を閉じかけたが、その寸前「まだだ」とアレクシスの鋭い声が飛ぶ。そのまま撫でるようにしてそこを弄られ、シュザンヌは繰り返し身をのた打たせた。

「ぁ…いや…ぁ……っ」

自ら脚を抱えてそこを露わにしているだけでも恥ずかしいのに、いいように弄られ、その様子を見られていると思うと恥ずかしくてたまらない。しかもその熟れた肉は、自分ではどうしようもなく濡れているのだ。

恥ずかしいのに、嫌なのに、身体はぐんぐんと昂《たか》ぶっていく。腰の奥が熱くなって、息が湿ってどうしようもない。

シュザンヌは真っ赤になったまま、喉を反らして大きく喘ぐ。駄目なのに、腰が揺れてしまう。

誘うように、もっと、と愛撫をねだるように揺れてしまう。胸元まで赤くするシュザンヌの耳元に、アレクシスの、くぐもった嗤いが届く。

「口では嫌だと言っても、身体は素直なものだ。わたしの指を欲しがるように腰を振るお前の、淫らなことといったら——」

「っ……っ……」

「素直にもっとねだってはどうだ。お前はただの、淫乱な女だ」

「ち…が……っぁ、あぁ……っ——」

すると次の瞬間、くすりと笑い声がしたかと思うと。寸前まで弄られていたそこに、温かな感触があった。それがアレクシスの唇だと気づいたのは、蜜にまみれて硬くなった淫芽を柔らかく吸い上げられたときだった。

「あァあぁ——ッ——！」

今まで感じたことのない刺激と快感に、シュザンヌは高い声を上げ大きく背を撓らせた。

「は……っ…あ、あ、あァ——っ——」

そして立て続けにピチャピチャと音を立ててそこを吸い上げられれば、淫らな声もとめどなく溢れてしまう。

舌先で擽るようにして刺激されたかと思えば、舌の腹で擦るようにして弄られ、かと思えばまるで戯れのように幾度も啄《ついば》まれ、そのたび、シュザンヌはとろけた声を上げて身悶えた。

「は……は…アッ！、はァんっ！　あ、ぁあァ……ッ」

目の奥が、頭の中が白く染まっていく。喉を反らして喘ぎながら、シュザンヌは自分の身体が内側から溶けていくような錯覚を覚えていた。

アレクシスに触れられるたび、身体の奥からぐずぐずと溶け、温かなものが流れ出していく気がする。

「あ……あ…あァ──だめ…っ……あ、あ、あぁぁあぁぁあ──ッ──！」

だがそうして昂ぶれば昂ぶるほど、どうしてか一層飢えていく。

もっともっとと、さらに深い快感と官能を求めて、身体が焦《じ》れ始める。

アレクシスの唇で触れられているその場所に、その奥に、もっと熱いものが欲しい。過日嫌というほど感じさせられた大きく熱く硬い熱で、そこをいっぱいにしてほしい。

「あぁ……っあ……あぅ……っ……」

零れる息もさらに深く激しい刺激を求めて熱く湿っている。

シュザンヌは、自分の淫奔《いんぽん》さに顔を歪めた。恥ずかしいのに、恥ずかしくてたまらないのにアレクシスが欲しい。彼自身が欲しい。彼の大きく熱い肉が欲しい。過日のように、また何もわからなくなるほど深く貫いてほしい。何度となく。何度となく。

だがアレクシスを相手にそんな希望など口に出せるわけがない。いや──相手がアレクシスでなくてもだ。シュザンヌは我を忘れて口走りそうになる懇願の言葉を必死で噛み殺すと、そのまま唇を噛む。

しかしそうしている最中も、身体はますます昂ぶっていく。脚が、腰がびくびく震える。跳ねる。

触れられるだけでは足りない──舐められるだけでは足りない──もっともっと彼が欲し

い。

「ぁ……あ……殿下……っ」

「……どうした」

「殿…下……っ……あァ……っ——！」

「どうした。はっきりと言わなければわからぬぞ」

喘ぎながら切れ切れに言葉を継ぐシュザンヌに、アレクシスの容赦のない声が続く。

シュザンヌは羞恥に全身が震えるのがわかった。けれど、込み上げてくる欲望はもう止められない。

「殿下……っ」

シュザンヌは大きく喘ぐと、懇願の息を零した。

「殿下……お願いです……もぅ……っ」

「『もう』——？」

「もぅ…っ…ゆる…許して…ください……っ」

「……」

「お願い…です……っ…殿下…っ…殿下のお情けを…どうか……っ」

「わたしが欲しいか」

低く尋ねる声に、シュザンヌはもうろうとする意識で頷く。だが、アレクシスは動かない。

シュザンヌは焦れったさと次々襲いかかってくる快感に責め続けられている身を持て余しながら、欲に掠れた声を押し出した。

「殿下…っお願いです…どうか…どうか…殿下をください……！　欲しい……欲しいです……っ」

縺《もつ》れる舌で淫らな欲求を伝えると、しとどに濡れたその秘部からアレクシスが顔を上げる。髪を乱し、額に汗を滲ませ、熱を孕んだ射るような瞳でシュザンヌを見下ろしてくるその様子は男の色香に溢れ、目が合うだけでまた身体の奥から淫らな欲が溢れる気がする。

そのまま荒々しく組み伏せられたかと思うと、両脚を大きく開かされ、覚えのある熱がゆっくりと挿し入れられる。

「あぁぁぁ……っ……！」

待ちわびた快感に、シュザンヌは大きく仰《の》け反《ぞ》る。アレクシスは「正直な身体だ」と愉快そうに口の端を上げた。

「舐《な》め取れば舐め取るほど、いたぶればいたぶるほど、ここは一層湿っていく。甘い香りを漂わせながら、濡れて潤っていく。正直な身体だ。お前は慎《つつ》ましやかな顔をして、随分淫らな女だ」

「ああ……っ――！」

そして激しく突き上げられ、シュザンヌはアレクシスにしがみついて身悶える。

恥ずかしいのに立て続けに声が溢れ、止められない。突かれ、揺さぶられるたびに、パチュッパチュッと粘液が音を立て、全身に重たく甘い痺れが走り、為す術なく乱れてしまう。

「は……っ…ぁ、あ、あ、あァ…ッ――」

「エリーザを護ろうという身で、よくもそうあられもなくよがれるものだ。わかったか、お前は騎士ではなく女だ。男の肉を嬉々として受け入れ、締めつけ、こうして男の腕の中で声を上げて悶える、ただの女だ」

「ぁ……っ、あ…ひ…ぁあぁっ……！」

「エリーザを唆し、いいように誑《たぶら》かそうとした報いを受けるがいい」

「ぁ……ァあ……ッ――」

両脚を抱えられ、深々と埋められたままゴリゴリと動かれ、裏返った高い声が迸《ほとばし》る。

全身が、アレクシスの太い肉茎を悦んでいるのがわかる。律動を悦んでいるのがわかる。彼の雄の熱と形を刻み込まれるたび、初めて抱かれたときとは比べものにならない大きな快感のうねりに、否応なく巻き込まれる。

視界が霞《かす》む。口の端から零れた涎《よだれ》が、シーツにしっとりとした染みを作る。

「あ、あ、あ、あァ――」

「この城にいる以上、お前は髪の一筋までわたしのものだ。すべてわたしのものらしく振る舞え。それ以外は許さぬ」

「ぁ…や……っぃぁ……っ…あ、あ、あぁ……っんぁ……っ」

「お前はわたしのものだ。わたしが飽きるまでわたしのものだ。いいな」

「ッぁあぁああ――っ――」

掠れ声で命じられ、激しく突き上げられ、目の奥で火花が散る。

快感に抗えない羞恥と絶望感の中、シュザンヌはそれまで自分自身すら知らなかった雌《めす》の顔を見せながら、アレクシスの逞しい身体の下で達していた。

5

翌日、シュザンヌは城に初めてやってきたときの服に着替えると、無理を言ってエリーザとの面会を依頼した。

彼女に一言挨拶をして、ゾラス領に帰ろうと思ったのだ。これ以上王城にはいられない——いたくない——そう思って。

『わたしが飽きるまでわたしのものだ』

エリーザを待っている間も、脳裏を過ぎるのは昨日のアレクシスの声だ。冷たく、荒く、慈悲の欠片《かけら》もなかったあの声だ。思い出したくないのに、気がつけば思い出してしまう。あんなふうに言われて、それでもまだここに留まりたいとは思えない。しかも自ら彼を求めるようなはしたない真似をして……。

シュザンヌは思い出し、恥ずかしさと悔しさに頬を染める。

約束を違えることで父の名を汚したくはないが、飽きるまでただこの城に囲われているような生活はしたくないと思ったのだ。

そうして、どれほど待っただろうか。

静かに頭を垂れエリーザの訪れを心待ちにしていると、やがて、いつになく気ぜわしい足音が聞こえ、

「シュザンヌ、ゾラス領へ戻る挨拶とはいったい……」

エリーザの戸惑っているような声がした。

公務の時間を割いて急いで戻ってきてくれたのだろうか。焦った表情だが、頬が上気して、普段より一層愛らしい。身に纏うドレスもいつにも増して似合っている。

可愛らしく、上品で優しい方。できるならお側近くで仕えたかった方。

(けれどももう叶わない)

シュザンヌは胸の中で呟くと、エリーザに「はい」と頷いた。

「今日にでも、城から去るつもりでございます。エリーザさまにはご迷惑をおかけしてしまい、申し訳ございません」

「待ってシュザンヌ！　もしかして、わたしのせいでお兄さまがあなたに何か……」

「いえ」

シュザンヌは首を振った。本当のことを言えば、エリーザが気にすると思ったのだ。せっかくの彼女の厚意を、彼女の気持ちを護りたかった。それに、自分がどんな扱いを受けているかなど、エリーザの耳には入れたくなかった。

「アレクシス殿下は何も。ただわたくしが甘かっただけでございます。自分の腕に溺《おぼ》れたわたくしのせいでございます。王都で様々な方々と会い、剣を交わしたことで、自分がいかに自惚《うぬぼ》れていたかを思い知りました。ですから、もう国に帰ろうと思うのです」

「そんな」

エリーザは震える声で言うと、ゆるゆると首を振る。そしてシュザンヌの手を取ると、間近からシュザンヌを見つめて続けた。

「待って。お願い、わたしはあなたにいてほしいの」

「勿体ないお言葉です。ですがお許しくださいませ。警護はレオンどのか、でなければまた誰か別の者を……」

「いいえ、それは無理だわ。お兄さまはもう、わたしが人を集めることを許してくれないでしょう。だからお願い。考え直して、シュザンヌ」

エリーザはシュザンヌの手を握り締めると、縋《すが》るような瞳で言う。可憐な彼女に似合わない、必死な瞳だ。その瞳がどうにも気がかりで、

「エリーザさま」

シュザンヌは、しっかりとエリーザを見つめ返して言った。

「では一つ、お願いがございます。どうかそこまでわたくしにこだわるご事情をお聞かせくださいませ」

「え……」

「無礼を承知でお伺いいたします。エリーザさまは、どうしてそんなにもわたしにこだわられるのでしょうか。たかが一介の女騎士であるわたしに、どうしてそうまでおっしゃっていただけるのか、その理由をお聞かせ願いたいのです」

「……」

「エリーザさまの本当のご事情をお聞かせ願えませんか」

「シュザンヌどの、エリーザさまに対して無礼であろう」

シュザンヌが言い募ると、黙ってしまったエリーザを護るように、侍女頭の声が響く。

それでもシュザンヌが視線を外さずにいると、やがて、エリーザはそろそろと口を開いた。

「……理由……」

「はい」

「………」

しかし、再び沈黙だ。それでもシュザンヌは気長に待つ。

すると、数分後エリーザはゆっくりと続けた。

「……絶対に秘密だと約束してくれる？」

「え……」

「誰にも言わない、って」

「誰にも知られたくないの。このことを知っているのはここにいる侍女頭のミラだけなの。お兄さまにも言わないで」

「……わかり…ました」

いったいどんな話になるのかわからないが、そこまで言われれば承知するしかない。シュザンヌは頷く。エリーザは「絶対よ」とさらに念を押してくる。

「畏まりましてございます」

再び頷いて、シュザンヌはエリーザを見つめる。何かよほどの事情らしい。

息を吞んで見つめると、ややあって、エリーザは小さな小さな声で話し始めた。

「その……理由は…理由はね………理由は…レオン…なの……」

「レオンどの、ですか？　ではやはりレオンどのが何か――」

「違うの！」

途端、エリーザは勢いよく頭を振った。

「彼が悪いわけじゃないの。彼は何も悪くないの。ただわたしが、わたしが彼を……」

最後の方の声は、エリーザの口の中に消えてしまう。だが今の切なげな声音は、彼女の悩みを伝えてくるのに充分なものだ。

シュザンヌははっと息を吞んだ。

「……エリーザさま……もしかして……」

そして恐る恐る尋ねると、エリーザは「そう」と小さく頷いた。

「そう――そうよ。わたし、レオンを愛しているの。だからもう、彼に護ってもらいたくないのよ」

「……」

シュザンヌは答えに窮した。

エリーザの様子から、彼女が女性の警護を希望するのには何か事情があるのだろうと思っていた。けれどまさか、レオンへの思慕が理由だとは思っていなかった。

戸惑うシュザンヌに、エリーザはぽつりぽつりと話し始める。

「気づいたのは、半年ぐらい前よ。それまでは昔からよくしてくれる兄の親友だとしか思っていなかったの。わたしにも優しかったけれど、一緒にいられると護られていると嬉しかったけれど、昔からずっとそうだったから気づかなかった。でも……城内での剣術大会のときに……」

話によれば、半年前の剣術大会のとき。勇ましくも紳士的なレオンの様子を目にしたことで、恋心に気づいてしまったらしい。他の女性たちが彼を見て騒いでいるのを知り、嫉妬《しっと》してしまったことも自分の気持ちを自覚するきっかけだったようだ。

エリーザは続ける。

「でもね、そうして気づいてしまったら、もう上手く話せなくなってしまって……。駄目なの、彼が側にいると思うだけで、わたし、普通にしていられなくなってしまうの。今思うと、彼に嫌な態度を取ってしまったかもしれないわ。だからわたし……彼と離れたいの」

「……」

「このままじゃわたし、レオンに何を言ってしまうかわからないの。ふしだらだと軽蔑《けいべつ》されるようなことを言ってしまうかもしれないし、その逆に気持ちを知られまいとするあまりに彼に酷いことを言ってしまうかもしれないわ。こんな気持ちを抱いているのは、わたしだけなのよ。わたしだけが混乱して、彼の言葉や態度一つに動揺して、わけがわからなくなっているの。レオンはいつもと同じで、高潔な騎士のままで……だからなおさら恥ずかしくて、彼に側にいてほしくないの」

エリーザは真っ赤になったまま一気に捲《まく》し立てると、胸元でぎゅっと手を握り合わせて深く俯く。

小さな身体は震え、彼女のこの告白がいかに勇気の必要なことだったかを伝えてくるようだ。

傍らにいたミラと呼ばれた侍女頭が、そっとエリーザの肩を抱き締める。そしてシュザンヌを見て言った。

「今のエリーザさまのお言葉通り、レオンさまにはなんの落ち度もございません。ですがレオンさまでは駄目なのです」

シュザンヌは頷く。エリーザはといえば、今にも倒れそうな様子だ。

確かにこれほど思いつめてしまっているなら、レオンに警備を続けてほしくないと思うのも無理はないだろう。そして、アレクシスにその理由を伝えられなかったことも納得できる。王女という立場と、妹という立場。そして一人の少女という立場の間で悩みに悩んでいたのだ。

エリーザは、シュザンヌの手を握り締めて言う。

「だからお願い、レオンの代わりにわたしの側にいて、シュザンヌ。彼には絶対に知られたくないの。もし彼が知れば、きっととても悩むわ。わたしが勝手に好きになっただけなのに、彼にそんな思いはさせたくないの」

「……」

「でもレオン以外の他の男性が側にいるのも嫌なの。だから、誰か女性に警護をお願いできればと思ったのよ。そして広く募ったら、あなたがやってきたの。シュザンヌ」

エリーザの声が、次第にしっかりとし始める。じっとシュザンヌを見つめ、エリーザは続ける。

「勇ましくて、とても綺麗で、剣が強くて頼もしくて…素敵だと思ったの、そんなあなたのことを。だから、帰るなんて言わないで。お兄さまにはまた話をしてみるわ。だから、お願い」

「エリーザさま……」

「お願い」

エリーザは繰り返すと、シュザンヌの手をぎゅっと握り締めてくる。白い手がますます白い。震えている。それを感じると、どうしても「無理です」とは言えなくなってしまう。

このままこの城にいれば、またアレクシスの慰み者になるだろう。そうわかっていても、この手を振り払うことはできない。

「……わかりました」

シュザンヌは頷くと、エリーザの手を握り返した。

「もう少し、ここに滞在するようにいたしましょう。ですが一つお願いがございます」

「何かしら？」

「アレクシス殿下に話をすることは、しばらくお控え願えませんでしょうか」

「……どうして……？　だってあなたにはわたしの警護を――」

「確かにそうですが、アレクシス殿下がそれを認めないとおっしゃったのはほんの数日前のことです。であれば、すぐに前言を翻すことはなさらないでしょう。少し時を待った方がいいのではないかと」

また逆恨みされては敵わない――とは言わず、シュザンヌはそう提案する。するとエリーザは少し考え、「そうね……」と頷いた。

「確かに…そうかもしれないわ。この間話をしたときも、お兄さまったらとても不機嫌になって、まったく話を聞いてくれなくて……。わかったわ。そうしましょう。言う通りにするわ。あなたに迷惑をかけてしまうのは本意ではないもの。ありがとう…シュザンヌ。ごめんなさい、無理を言って」

「いいえ」

すまなそうに言うエリーザに、シュザンヌは首を振る。

王女のためにこの身が役に立つなら、それこそ騎士の誉《ほま》れだ。

するとエリーザはほっとしたようにようやく笑みを見せる。そして「それにしても」とどこか拗《す》ねたような口調で続けた。

「お兄さまったら、わたしをいつまでも子供扱いして……。確かにお兄さまはご立派な方だし、言う通りにしていれば間違いはないのかもしれないけれど、大人になるほどにそうできなくなっていくこともあるわ。そう思わない？　シュザンヌ」

その声音は、まだ少女のそれだが同時に女性のそれでもある。恋をしている女性の、瑞々しく軽やかで甘く可愛らしい不満の声だ。

いつになく茶目っ気を見せたエリーザに、シュザンヌもふっと相好を崩す。

直後、そんなエリーザにふと尋ねてみたいことが浮かんだ

「そういえばエリーザさま」

「なに？」

無邪気に首を傾げるエリーザに、シュザンヌは続けた。

「そのアレクシスさまはどんな方ですか」

——そう。他でもない、アレクシスのことを妹であるエリーザに訊きたくなったのだ。

この城に居続けるにしては、自分はあまりにもアレクシスのことを知らない。以前少しだけレオンから話を聞くことができたが、それでもまだ何も知らないも同然だ。

シュザンヌは彼との試合に負けたことで、その後の運命が変わってしまった。なのにそのきっかけとなり、今でも自分の命運を握っている男のことを知らないままなんて、不安でたまらない。

シュザンヌは答えを求めてエリーザを見つめた。

脳裏では、彼の声がぐるぐると回っている。

『お前はわたしのものだ』

激しくシュザンヌを抱きながら囁いてきたあの声。あの言葉。

馬を手なずけるように、新しい玩具《がんぐ》を飽きるまで気まぐれに弄ぶように自分を抱く男——。

しかし質問が突然だったからだろうか。エリーザは不思議そうに目を瞬《しばたた》かせた。

「どんな…とはどういうことかしら？」

「い、いえあの」

シュザンヌは慌てて続けた。

「その…どんなお人なりなのかと思ったのです。それがわかれば、改めてエリーザさまの警護の件を頼む際にも話をしやすいのでは、と。レオンどのの話では、判断力と決断力に溢れて、この国を背負うに相応しい方だということでしたが」

「そう…ね……。自分の兄のことを話すのは恥ずかしいけれど、昔からとても勇敢で優しくて…この国のことを考えていたわ。だから皆から慕われていると思うけれど……」

「『けれど』？」

シュザンヌが尋ね返すとエリーザは言葉を選ぶようにして続ける。

「少し強引なところもあるから、それを疎ましく思っている者たちもいると聞くわ。国の中にも――外にも。父さまがあまり表に出なくなってからは一層」

「そうですか」

「ええ。それに、そんなふうに疎ましく思う者もいれば、無闇やたらと近づいてくる者もいて困っているようね。王宮内の派閥の中には、自分の娘をお兄さまとなんとか結婚させようと画策している者も少なくないらしいから」

「！」

エリーザは苦笑して冗談めかしていったが、「結婚」という言葉にシュザンヌはドキリとしてしまった。

(結婚……)

しかし考えてみれば、王子なのだからしかるべき相手との婚姻は大切で当然のことだ。だが当然だとわかっていても、それを考えるとなぜか胸が軋《きし》む。思わず胸元を押さえてしまったシュザンヌの前で、エリーザは続ける。

「そういう者たちの中には、お兄さまに近づくためにわたしに近づいてきた者もいたの。だからお兄さまはわたしと親しい者のことをとても気にしているのよ。あなたにきつくあたったのも、それが原因だわ」

「そうだったのですね……」

なるほど、とシュザンヌは思った。

妹を溺愛《できあい》しすぎではと思ったアレクシスの態度だったが、そんなことがあったなら納得だ。

シュザンヌ自身、父がまだ金杯騎士として活躍していたころは、領主であり王の覚えめでたい侯爵家の娘ということで、ことあるごとに色々な人たちから阿《おもね》るような態度を取られたことがあり、困惑したことがあったのだ。

しかし、それに納得すると同時に「結婚」という言葉がまだ気にかかる。シュザンヌはそろそろとエリーザに尋ねた。

「殿下は、どなたか結婚のお相手が…もう?」

「どうかしら。まだだと思うけれど、お兄さまのことだからもういるのかもしれないわね。王子としての務めはきちんと果たすつもりだ、と以前からよく口にしていたから」

「そう…ですか」

普通に答えたつもりだが、声が震えている気がする。胸の痛みは一層大きくなる。引き絞られるような苦しさに、エリーザの前を辞そうかと思ったとき。

一人の侍女が、ミラのもとへやってきたかと思うと、何事か耳打ちする。そしてミラが、エリーザに告げた。

「エリーザさま、明日のコレギス公爵夫人を招いての宴《うたげ》の件ですが。やはりアイリはまだ具合が悪い様子で……」

「そう。では誰か別の——あ。そうだわ。シュザンヌ」

そしてエリーザは、不意にシュザンヌを見る。何事かと思っていると、彼女はにっこりと笑って続けた。

「あなた、わたしの侍女にならない？」

その貌は、いたずらをたくらむ少女の可愛らしさだ。目を瞬かせるシュザンヌに、エリーザは続ける。

「明日、叔母《おば》様やお友達を招いて小さな宴を催すの。それを手伝ってはもらえないかしら」

「え……わ、わたしがですか？」

「ええ。お兄さまはお出かけになるようだし、女ばかりの宴よ。けれどいつもわたしの側にいた侍女の一人が具合がよくないみたいで」

「で、でもわたしは」

「いいこと？　この機会にわたしの侍女としての既成事実を作ってしまうのよ。そうすれば、わたしの側にいてもお兄さまも何も言えなくなるわ。侍女ならいくらでもと言っていたのはお兄さまだもの」

楽しそうに、エリーザは言う。思ってもいなかった提案だ。シュザンヌは侍女の経験などない。

「ですが、わたしはその、何も……」

狼狽えながらシュザンヌが言うと、エリーザは「大丈夫よ」と笑った。

「側にいてくれるだけでいいわ。元々、段取りはすべてミラや他の侍女たちがやってくれるはずだから。あなたはあくまでも名目の侍女。剣を持つことはできないけれど、万が一のときのためにわたしの側にいてくれればいいわ。もっとも、城の中での宴だから、万が一もそうそう起こらないのだけれど」

「……」

「ね、シュザンヌ」

エリーザの言葉に、シュザンヌは考えた。

自分に侍女の真似事ができるかどうかはわからない。わからないが、この提案を受け入れれば、自分の居場所はできるだろう。少なくとも「アレクシスに買われて城に留め置かれている妾」よりは遥かに意味のある立場だ。

それに、警護としてではなくても側にいられれば、いざというときに役に立てるかもしれない。

「畏まりました」

シュザンヌは頷くと、エリーザに向けて微笑んだ。

「お言いつけ通り、エリーザさまのお側に」

「ありがとう、シュザンヌ」

するとエリーザは、嬉しそうににっこりと笑う。その様子は、相変わらず可憐だ。

だがどこかもの悲しげで、彼女のあの儚《はかな》さの理由がわかったような気がする。

シュザンヌは彼女の恋が叶うようにと願わずにいられなかった。

6

「これで大丈夫…なのかしら……」

翌日、シュザンヌは鏡の前でドレスに袖を通しながら、不安そうに首を傾げてひとりごちた。

着ているのは、柔らかなオレンジ色のドレス。アレクシスから贈られたものの一つだ。

本当なら、彼から贈られたものを着るつもりはなかった。けれど、自分の格好のせいでエリーザに恥ずかしい思いをさせたり、迷惑をかけてしまうわけにはいかないだろうと思い、やむを得ずこれを選んだのだった。

「着替えのお手伝いをいたします」というラダの言葉を「大丈夫だから」と断り、一人で着てみたものの、慣れていないせいで心配になってくる。

「こんなことなら、城にいたときもっとドレスを着ておくんだったわ……」

ゾラス領にいたころは、よほどのことがない限り――それこそ、領主の娘としてドレスで迎えなければならない賓客《ひんきゃく》がやってきたとき以外は、祝典のときも騎士の正装姿で通していた。

父もシュザンヌを息子のように扱っていたからそれで問題はなかったのだ。だから、シュザンヌがドレスを着たことは本当に数えるほどしかない。

「それが今、こんな形で祟《たた》るなんて……」

シュザンヌは溜息をつくと、少し迷った末、隣の部屋にいるラダを呼ぶ、彼女に確認してもらおうと思ったのだ。

「ラダ、ちょっといいかしら。その…ドレスを見てもらいたいのだけれど」

するとすぐに「はい」とラダが姿を見せる。途端、彼女はぱっと笑みを浮かべた。

「うわぁ……凄くお似合いです」

「そ、そう？　大丈夫？」

「大丈夫ですよぅ。シュザンヌさまはスタイルがいいからお似合いです」

「でもこれ…動きにくいのだけれど。本当にこんなに裾《すそ》が長いものなの？」

「ええ。ぴったりですよ。さすが殿下のお見立てですね」

「！」

その言葉に、シュザンヌは一瞬動きを止めた。こんなことなら城へ来るまでに通り過ぎたどこかの街でドレスの一つでも買っておくべきだったと思う。よりによって、アレクシスから贈られたものを着なければならないとは。

シュザンヌは自分の身体を包むドレスの滑らかな生地の感触を意識しながら、唇を噛んだ。肌触りがよく、けれど歩きづらく動きづらいドレス。ただ歩くだけでも精一杯だ。これでは剣など振れないだろう。

それを実感させられると、女だということを突きつけられたようで悔しい。

ラダはシュザンヌのそんな葛藤《かっとう》には気づくことなく「あとは髪ですね」とますます張りきり、鏡台の前にいくつも髪飾りを並べていく。

「シュザンヌさまは、普段はどんなふうになさっているんですか？」

「え？」

「髪です。綺麗な金髪ですからどんなスタイルでも似合いそうですけど……」

「べ、別に『どんなふう』にもしていないわ。それより今夜はエリーザさまのお伴なのだから、わたしの勝手にするわけには……」

「あ…そうですよね。他の方々はどんなふうにしてるんだろう…ちょっと訊いてきますね」

ラダはそう言い置くと、部屋から駆け出していく。

シュザンヌのために張りきってくれているのだろうが、張りきりすぎではないだろうか？

シュザンヌが苦笑して、再び鏡に向きかけたとき、ドアの開く音が聞こえた。

「どうしたの？」

てっきりラダが戻ってきたのだろうと何気なく振り返り、シュザンヌは固まった。

そこにはアレクシスが立っていたのだ。

だが彼もシュザンヌを見つめて固まっている。

しばらく見つめ合い、先に声を発したのはアレクシスだった。

「その…姿は今夜の宴のためか。その…叔母上が来るという……」

「……」

微かに戸惑いながら、シュザンヌは頷く。

胸の中は、いくつもの思いで混乱していた。どうして彼がここに来たのかという疑問と、エリーザの侍女として宴に参加することを止められるのではないかという不安だ。

エリーザは、アレクシスは出かける予定だと言っていた。だから、彼のいない間にシュザンヌを侍女として同伴させて、既成事実を作ってしまうのだ、と言っていたのに――。

どうして彼がここにいるのか。

だがアレクシスも、どうしてかいつになく戸惑っている様子だ。

てっきり、すぐさま「そんなことは許さない」「認めない」と言われるかと思っていたのに。

(どうしたのかしら)

シュザンヌが惑いつつ様子を窺っていると、数秒後、アレクシスは一つ咳払《せきばら》いすると「そうか」と少し落ち着いた顔を見せながら言った。

「だが、お前はわたしのものだと言ったはずだ。わたしの許可なしに人前に出ることなど許さぬ」

そして彼はやはり、シュザンヌに出席をやめるように言う。シュザンヌは緊張しつつも「嫌です」と言い返した。

「そもそも、わたしは殿下のものになった覚えはございません」

「なんだと?」

「エリーザさまにはお仕えいたしたいと思っております。ですが殿下のものになったとは思っておりません」

「お前は……あれだけわたしが言ってもまだわからぬか。しかもエリーザに近づこうとするとは……」

アレクシスの声が一つ低くなる。表情もますます険しい。整った顔だけに、睨まれると怖さに背中が冷たくなる。

シュザンヌはアレクシスを見つめ返すと、

「アレクシス殿下」

しっかりとした声音で言った。

「殿下がエリーザさまをご心配なさるお気持ちはわかります。ですが、わたしはエリーザさまに必要以上に近づこうとは思っておりません。利用しようとも思っておりません。そして何より、エリーザさまは、わたしの言葉に惑わされるようなお方ではありません。以前何があったのか詳しくは存じませんが、今のエリーザさまはご立派な方です。そしてわたしには、誓って下心はございません」

確かに、自分は家の再興を願って王都へやってきた。エリーザの警護に就くことで名をあげ、父の名誉を回復させたい、ひいては家を再興させたい、と。しかしそれはあくまで自らの剣の腕によってのこと。エリーザを利用しようと思っているわけではないのだ。

シュザンヌは視線に力を込めてアレクシスを見つめる。

もしこれでわかってもらえないなら——喩《たと》えどれほどエリーザに引き留められても、もうここにはいられない。

——そう思いながら。

するとややあって、

「わかった」

アレクシスの声がした。

彼は小さく溜息をつくと、髪をかき上げた。

「今のお前の言葉に嘘はないのだろう。取り敢えずは、お前の言葉を信じよう。だが、もしやましい心を抱いた折には覚悟しろ。エリーザが傷つくようなことがあれば、ただでは済まさぬ」

「はい」

シュザンヌはアレクシスを見つめたまま頷く。すると彼はしばらくシュザンヌを見つめ返し、やがて、小さく苦笑した。

「妹を過剰に心配する煩い兄だと思っているだろうな。だが昔から、優しいエリーザに取り入ろうとするものが幾人もいた。わたしに近づくためにあれを利用しようとした者もいれば、エリーザと親しいということを吹聴して方々に迷惑をかけた者もいた。そのたびエリーザは傷ついていた。だから過敏にならざるをえないのだ」

「わかっております」

シュザンヌは頷く。

やり方はともかく、アレクシスがエリーザを大切に思っている気持ちは本当だろう。すると、アレクシスはどこかほっとしたような顔を見せる。しかしそのまま、彼はシュザンヌから視線を外さない。

「殿下?」

まだ何か言われるのだろうか。

緊張しつつシュザンヌは尋ねる。するとアレクシスははっと気がついたように息を呑み、困惑した様子で「なんでもない」と言った。だが「なんでもない」様子には見えない。彼はいつになく狼狽えている様子だ。

落ち着かない様子で再び髪をかき上げると、

「美しいな」

シュザンヌを見つめて言った。

息を呑むシュザンヌに、ふっと目を細めて続ける。

「この部屋に入ったときからそう思っていた。美しい。やはりわたしの思っていた通りだ」

「な――何をおっしゃっているのですか。そんなことは」

「信じろと言っただろう。そのドレスはとても似合っている」

「それはきっと、ドレスが綺麗だからです。こんなに綺麗なのですから、誰が着ても……」

「違う。鏡の前で見てみろ」

「あっ」

そして腕を取られたかと思うと、強引に鏡の前に立たされる。さっき鏡の前で自分の姿を見たときもなんとなく気恥ずかしかったけれど、今はあのとき以上に恥ずかしい。

身体を奪われ、自分は女なのだと思い知らされても、せめて心は騎士でいたいと思っていた。心までアレクシスに奪われたくはないと思っていた。言いなりになりたくはない、と。

だから彼から贈られたドレスなど着るものかと思っていたし、着なかった。

それなのに、よりによって初めて着た今、こんなに間近でまじまじと見られてしまうなんて。

しかも「似合っている」なんて、一番聞きたくなかった言葉だ。頑なに護っていたものが、いともたやすく突き崩されてしまう気がする。

それが怖くて、シュザンヌは鏡から顔を背けようとした。見ずにいれば、ドレスを纏った自分の姿も、すぐ傍らからそれを見ているアレクシスの姿もなくなる気がして。

けれどアレクシスはそれを許してくれなかった。背後に立つとシュザンヌの両肩を摑み、

「見ろ」

と耳元で囁く。

「白い肌にドレスの色が映えてこんなにも美しい。思っていた以上だな。お前もそうは思わないか」

「お、思いません。それよりも歩きづらくて…動きづらくて不安です」

「慣れろ。そういうものだ。ああ…だがこうして改めて見ると胸元が寂しいな。宴までに何か贈るとしよう」

「そんな」

シュザンヌは慌てて首を振ったが、アレクシスは聞いていない様子だ。満足そうに微笑むと、シュザンヌの胸元に手を伸ばしてくる。

「お前のこの…柔らかな白い肌に似合う――」

「あっ――」

「綺麗な石のついた首飾りを贈るとしよう。きっと映えるだろう。後で皆の感想を聞くのが楽しみだ。いや、いっそ宴にはわたしも出席するとするか」

「で、殿下は…他にご用がおありだと……っ」

「ああ。だがお前がせっかくこうして美しく着飾ったのだ。見ないのは惜しい」

そしてアレクシスは、もう一方の手でドレスの裾をたくし上げると、シュザンヌの腿《もも》に触れてくる。そのまま下着の中に挿し入ってきた指に、シュザンヌは大きく身を捩った。

「殿下…お戯れはおやめください……っ……」

しかし声を上げても、アレクシスの指は一層シュザンヌの敏感な部分を探るばかりだ。せめて声は上げたくなくて必死に口元を押さえたが、指が性器を弄るたび、そこは潤った音を立てる。

いつラダが戻ってくるかわからないこんなときに、こんなところでと思うと、自分の身体の淫らさが恥ずかしくてたまらない。

「で、殿下……もう……っ」

シュザンヌは、羞恥に真っ赤になりながら掠れた声を上げる。だがアレクシスは小さく笑うと、一層きつくシュザンヌを抱き竦め、耳元で囁いた。

「どうした。もう我慢ができないか？」

「っ……もぅ…おやめください……っ」

からかうように言われて、シュザンヌは耳殻を真っ赤に染める。

なんとか逃げたくてアレクシスの手に手をかけ引き剝がそうとするが、どうしても力が入らない。彼の指が濡れた肉を撫で、擦り、すっかり感じやすくなった淫芽を刺激するたび、身体から力が抜けてしまう。

抵抗にもならない抵抗を繰り返すシュザンヌの様子が可笑しかったのか、アレクシスは再び小さく笑った。そしてより奥まで指を進めてくると、もうすっかり潤った熱い花襞にゆっくりと指を沈めてくる。

「つぁあ……っ」

「そう暴れるな。素直に感じればいい。お前も嫌ではないだろう。お前の身体は、もうわたしとの行為の心地よさを覚えたはずだ。そうだろう？　お前の肉は、いつも柔らかくぬめって、わたしを包んで締めつけて離さぬ」

「そんな……っ……」

「いやそれだけではないな。腰をくねらせて、自ら貪欲《どんよく》に快楽を貪ろうとする。滴るほど濡れた…ここで——」

「んんっ——」

そしてゆるゆると刺激を続けてくる長い指に、シュザンヌの身体はじりじりと昂ぶらされる。

溢れて滴る熱い蜜が、内腿を伝っていくのがわかる。声が掠れて、上擦って乱れる。アレクシスが指を動かすたび、背が跳ね、腰が揺れ、恥ずかしいのに声が零れてしまう。

「は……っぁ……あぁ……っ」

そしてもうすっかり柔らかくなったそこから指が抜かれた直後。

「や……っあぁあぁああっ――」

背後から一気に、アレクシスの大きなものが入ってきた。硬く張りつめた熱いもので深々と貫かれ、一瞬、目の前が真っ白になる。

「ぁ…っア、あ、ぁ…ゃ…あア……っ」

そのまま揺さぶられ、シュザンヌは目の前の鏡に縋るように爪を立てた。

乳房を揉まれ、乳首を弄られながら何度となく突き上げられると、そのたびにあられもない声が零れ、膝から崩れそうになる。

「は…っ……ぁ……は…ァ、あぁぁああ……っ」

「覚えておけ」

背後から、アレクシスの声がした。

「お前はわたしのものだ。おまえの意思など関係ない。お前は、わたしのもの、だ」

「やっ…ッ――ぁ…だめ……っおく……だめぇ……っ」

「強がってみても、身体はわたしを求めているだろう。自分の顔を見てみろ。わたしに貫かれ、わたしに抱かれて悦んでいるその顔を。わたしを咥《くわ》え込み、離そうとしない女の顔を」

声とともに肩を摑まれ、ガクガクと揺さぶられる。しかしシュザンヌは、アレクシスのその声に大きく頭を振ると、ぎゅっと目を瞑《つぶ》って抵抗した。

こんなときの自分の顔など、見たくない。見られない。

だがアレクシスは「見ろ」と耳元で囁く。

「見るまで終わらせる気はないぞ。今はいないようだが、あまり時間をかけていてはお前の侍女が戻ってくるのではないか？」

「！」

シュザンヌは息を呑む。その耳に、声が続いた。

「恥ずかしい思いはしたくないだろう。もっとも――わたしはどちらでも構わぬが。意地を張るなら、いつまでもこうして楽しむまでだ」

「あァッ――」

そして一際奥までズン……と突かれ、シュザンヌは大きく背を撓らせた。

恥ずかしさと悔しさに涙が滲む。だがラダにこんな姿を見られるかもしれないと思うと、アレクシスの言うことを聞くしかない。

「っ……っ――」

シュザンヌは唇を嚙み締めると、閉じていた瞼《まぶた》をそろそろと上げる。

途端、今まで見たこともないほど淫靡《いんび》な、とろけた顔を見せている自分が目に入り、シュザンヌは短く息を呑むと、再びぎゅっと目を閉じた。

胸がドキドキしている。全身が恥ずかしさに熱くなる。

あんな顔をアレクシスに見せていたのかと思うと、恥ずかしさに消えてしまいたくなる。

しかしそんなシュザンヌの心を知ってか知らずか、アレクシスは容赦がない。

「目を開けろ」

俯きかけたシュザンヌに言うと、その身体を大きく揺さぶった。

「目を開けてきちんと見ろ。いい顔だっただろう。わたしは、お前のあの顔が大好きだ」

「も……ぅ……ゆる、許して……ください………っ」

「聞こえなかったのか。目を開けろ。開けて鏡を見るんだ」

「殿下………っ……っ」

「侍女にも見せたいか？　わたしを求めて――快感を求めて身をくねらせている淫蕩なその姿とその顔を」

グチュッグチュッと音を立てて緩やかな律動を繰り返しながら、アレクシスは揶揄するように言う。シュザンヌは一層きつく唇を噛むと、ややあって、再びそっと目を開けた。

「あぁあッ――！」

その途端、不意に激しく突き上げられ、シュザンヌは高い嬌声を零した。

立て続けに体奥まで突かれ、抉るようにしてぐりぐりと腰を使われ、もうすっかり覚え込まされた甘いその刺激にあられもない声が溢れる。

「ゃ……あ、あ、あァッ…ぁ…ひ…ぁあ……っ」

「いやらしい女だ。自分が乱れている姿にそんなに感じたか？　目を開けた途端、わたしをきつく締めつけてきたぞ」

「ちが…っぁ…そんな……っ」

「違わぬ。お前はわたしを求めている。もっともっと淫らがましく、涎を垂らしてわたしを欲しがっているだろう」

「ゃ…ぁ…だめ……っ…そこ…だめ…ぇ……っ」

硬く大きく張りつめた熱いもので柔らかな肉壁を嫌というほど擦り上げられ、シュザンヌの唇から嬌声が立て続けに零れる。繋がっているところだけでなく、彼の手中にある乳房だけでなく、全身が快感に戦慄いている。

腰の奥が熱い。本当にそこからとろけている気がする。アレクシスが動くたび背筋を快感が突き抜け、閉じられない口からはひっきりなしに喘ぎが漏れる。

「だめ……っ中…ぁ…だめ……ぃぃ…っ…い…ひっ…ぁ…だめ……っ」

「意地を張っても、お前は女だ。おとなしくわたしの腕の中でいつもこうして鳴いていればいい」

「あ、ア、あ、ぁはあァ……っ」

アレクシスに突き上げられるたび、肉同士がぶつかる音に、淫靡な水音が混じる。身体が変えられていくようだ。快感を知る身体に。快感を欲しがる身体に。

「で……んか……もぅ……っ」

「もう――どうした」

「もぅ……っ……へんに……へんに……な……っ……」

湿った息混じりに、シュザンヌは懇願の声を上げる。頭の芯まで痺れて、何も考えられない。

達したくて、達しそうで、次々押し寄せてくる快楽の渦《うず》に飲み込まれ、為す術なく喘いでいると、その声に応じるかのように激しく腰がぶつけられる。

「シュザンヌ……ッ――」

「つぁ…ア、ア、ぁア――ッ……!」

そして一際深く穿たれた瞬間、シュザンヌはその白い喉を大きく反らして達していた。少し遅れて、中にアレクシスの熱い飛沫《しぶき》が叩きつけられ、シュザンヌはびくびくと身体を震わせ再び達する。

「つ……ぁ……っ」

「中に出されて達したか。――淫らな」

鏡に縋りながら荒い息を繰り返すシュザンヌに、アレクシスの濡れた声が届く。その唇が、耳殻に触れた。

「忘れるな。お前は、わたしのものだ」

「……っ……」

「お前がどう言おうとも、お前はわたしのものだ。何度でもその身に刻んでやろう。今夜の宴でも、わたしのために着飾るがいい」

そして身体を離すと、

「あとで首飾りを届けさせよう」

そう言って、床にしゃがみ込んでしまったシュザンヌの喉元に触れる。

「っ――」

思わずシュザンヌはアレクシスに手を上げたが、それは簡単に摑まれてしまった。

シュザンヌが唇を噛むと、アレクシスはそんなシュザンヌを見つめ――やがて、可笑しそうに笑う。

「わたしに手を上げるか。それも身体を重ねた後に」

「ひ、人をなんだと思っているのですか！　いったい何度こんな……」

「何度でもだ。どうやらわたしは、お前を抱くことを楽しんでいるらしい」

「何を…他人事《ひとごと》のような……っ」

シュザンヌは怒りが高まるのを感じる。だが、アレクシスはますます目を細めて微笑む。

「そう――。そうだな。お前の言う通りだ。だが自分でも不思議なのだ。こんなにも一人の女に執着することが。今まではどんな女を前にしてもここまでそそられなかったものを」

次いでアレクシスはシュザンヌの前に片膝をつくと、そっと頰に触れてくる。

思いがけないその指の優しさに、シュザンヌは息を呑む。間近から見つめてくる瞳も、今は先刻までの荒々しさや獰猛さはなりを潜め、ただ蠱惑的《こわくてき》で魅力的なそれだ。

動けなくなったシュザンヌの前で、アレクシスはふふ、と笑った。

「面白い女だ。生意気で頑なで――なのにわたしをこの上なく煽る」

そして囁くように言うと、「冷たい見た目らしからぬ淫らなところも悪くない」とつけ加える。

真っ赤になったシュザンヌの前で少し考えるような顔を見せると、

「本当にわたしのものにならぬか、シュザンヌ」

擽るように頰を撫でながら、突然そう言ってきた。

「で……んか……？」

戸惑うシュザンヌに、アレクシスは続ける。

「わたしの妃《きさき》になれと言っているのだ、シュザンヌ・バロー」

「!?」

シュザンヌは息を呑む。

まさか、とアレクシスを見つめたが、彼は本気のようだ。窺うように、シュザンヌを見つめてくる。

「わたしに媚《こ》び諂《へつら》いながら、腹の底ではわたしを利用してやろうと考えている奴らや、その娘と結婚するなどまっぴらだからな。だがバロー家なら、そんな野心とは無縁だろう」

「そ、それはそうですが……！　お戯れはおやめください！」

「なぜ戯れだ。エリーザもお前を気に入っているのだろう？　ならば――」

「家格が違いすぎます！」

シュザンヌは声を上げた。

今は領主であり侯爵家だとはいえ、元はただの地方豪族の一つだったに過ぎないバロー家と王家では、格が違いすぎる。だがアレクシスは「ふん」と笑うばかりだ。

「そんなもの、他の家の娘も似たようなものだ。わたしのもとに嫁がせるために、遠縁の若い女たちを次々養女に迎えている家もある」

「ですが……」

「否は言わさぬ。お前をもう少し手なずけてみたくなったのだ。いいな」

そしてそう言い切って立ち上がると、アレクシスは「話は終わった」とばかりに笑って部屋を出ていく。残されたシュザンヌは、戸惑いに動くこともできなかった。

◆

「大丈夫……？　シュザンヌ」

そんなことがあったせいだろうか。

シュザンヌはその夜に開かれた夜会の最中も、いつになく落ち着けず、失敗してばかりだった。ただでさえ歩き慣れていないドレスなのに、集中できないから幾度もこけそうになってしまった。

エリーザの侍女として側についている身なのだからしっかりしなければと思うのに、どうしても上手くいかない。

だからかエリーザにも心配されてしまい、シュザンヌは申し訳なさでいっぱいだった。

(まったく……何やってるの、わたし)

シュザンヌは「大丈夫です」とエリーザに答えながら、胸の中で自分を叱責する。

しかし、落ち着けないのも仕方ないと言えるだろう。

昼間にアレクシスとあんなことがあった上、よりによってその当人が本当に姿を見せたのだ。

宴に出よう、と言っていたのは、本気だったらしい。

姪《めい》だけでなく甥《おい》とも会えたことで、エリーザの叔母、コレギス公爵夫人は大層喜んでいるし、ついてきた大勢の侍女たちも美貌の王子の登場で俄にざわめいたが、シュザンヌはすぐ側にアレクシスがいると思うだけで気が気ではなかった。

さっきからちらちらと感じる視線は、アレクシスのものだろう。

気にしないようにしなければと頭ではわかっているのに、肌がさざめいてしまう。

するとそのとき。

「シュザンヌ？」

「は――はい」

再びエリーザに顔を覗き込まれた。

「顔色が悪いわ。本当に大丈夫？」

「大丈夫です。申し訳ございません」

「いいのよ。まさかお兄さまが来るとは思わなかったから、緊張するわよね。少し外の空気を吸ってはどう？　席を外すといいわ」

「ですが」

「大丈夫。今は危険じゃないわ。離れの周りはお兄さまの部下たちとレオンや彼の部下たちが二重に護ってくれているから」

エリーザはシュザンヌを安心させるように微笑んで言う。

「ありがとうございます」

シュザンヌはエリーザの優しさに感謝しつつ深く頭を下げると、その言葉に甘えてそっと部屋を出ようとする。

するとそのとき。

「具合が悪いのか」

アレクシスが声をかけてきた。

シュザンヌは顔を背けながら、黙って頷く。すると、

「ならばわたしが外へ連れていこう」

アレクシスが席を立つ。シュザンヌが慌てたとき。

「何をおっしゃるの、お兄さま。お兄さまはここにいて。もっと色々なお話を聞かせてほしいわ。この間の狩りのお話はどうなったの？」

エリーザが引き留める声がする。

シュザンヌはその隙にそそくさとその場を後にした。

部屋を出ると、ふう、と大きく溜息をつく。少し考えたのち、庭に出てみようとそちらに足を向ける。が、その途端、そこにいたエリーザの友人たちやその侍女たちがシュザンヌをちらちら見ていることに気づいた。

好意的——とはいえない視線。そして聞こえるか聞こえないかの小声で話されるのは、シ

ユザンヌへの嫌みだ。

「エリーザさまに取り入って……」

「たかが騎士が調子に乗って。ドレスは綺麗でも、まったく似合ってないわね。恥ずかしくないのかしら……」

冷たい刃のようなその視線と声に、シュザンヌはいたたまれなくなる。

なおさら足を速め、一人で庭へ出ると、もっともっと遠くへ行こう、と歩き続ける。そのときだった。

「シュザンヌどのですか?」

聞き覚えのある声がした。

声の方を見れば、警護のためか帯剣したレオンが立っていた。

「レオンどの」

「どうなさいましたか」

「そ、その…少し、風にあたりにまいりました」

「そうですか。ご気分でも?」

「ええ…まあ……」

今夜、シュザンヌがエリーザの侍女として一緒にいることになっている件は、レオンも知っているはずだ。そういう立場にも拘わらず、仕事を果たさず一人でこんなところにいることが恥ずかしくて、シュザンヌはついつい小声になる。

だがレオンはそんなシュザンヌの気持ちを察したのだろうか。

「ではこちらへ。こちらにお座りになるといい。水の音で落ち着きますよ」

庭に作られた小川の側のベンチに、シュザンヌを誘ってくれる。シュザンヌは礼を言うと、すすめられるままベンチに腰をかけた。

確かに、水音が耳に心地いい。息をつくと、ようやく心が楽になる。

「ありがとうございます」

レオンに礼を言うと、彼は「いいえ」と微笑んだ。

「それよりも、中は、どんな感じですか。皆様楽しまれていらっしゃいますか?」

「はい。今のところはつつがなく。さすがに王城の離れですから、妙な輩《やから》が入り込んでくることもないでしょうし……」

「ええ。ですが、念には念を入れておかないと。ですから、私たちがこうして警護しているわけですが」

その口調に、シュザンヌは納得しつつも小さく首を傾げた。

王城の中でもこうして警護しなければならないということは、何かそれほどの危険が迫っているのだろうか。

「レオンどの、訊いておきたいのですが」

シュザンヌは居ずまいを正すと、今の疑問をレオンに尋ねる。するとレオンは少し間を空け、声を落として言った。

「はっきりとはまだ何も申せません。ですが権力に近い者ほどその誘惑に負けることもまた多いのではないでしょうか。少なくとも『王城内では何もない』とは申せません」

「……」

ということは、アレクシスやエリーザを傷つけようと思っている者がこの王城内にいるというわけか。それも、思うだけではなくその思いを行動に表そうとしている者が。

(ここも安全ではないのだ……)

シュザンヌは改めて気を引き締める。そんなシュザンヌに、レオンは「ですから」と続けた。

「ですから、わたしはあのお二人を護らなければならないのです。絶対に、何があっても」

その声からは、強い決意が感じられる。

厳しい表情を浮かべているレオンの横顔を見ながら、シュザンヌはエリーザのことを思い出していた。

レオンが好きだからこそ、側にいられない――いてほしくないのだと言っていたエリーザ。

レオンが好きでそれ故《ゆえ》に悩み、苦悩していた王女。

ではレオンは？　彼はエリーザをどう思っているのだろう。

気になってシュザンヌはそろそろと口を開いた。

「レオンどのは、いつもアレクシス殿下やエリーザさまのことを気にかけてらっしゃるのですね」

「それは当然です。わたしはそのためにいるのですから」

「エリーザさまも、きっと心強いと思います」

そしてさらりとエリーザの名前を出す。すると彼は、ふっと顔を曇らせた。

「心強く……。そうでしょうか。そうであれば、他の警護の者など側に置こうとはしないはずです。口にはなさいませんが、きっとわたしに思うところが……」

そしてレオンは、真剣な表情でシュザンヌを見つめてきた。

「シュザンヌどの」

「は、はい」

「エリーザさまは、あれから何かおっしゃっていませんか。わたしのことを、何か……」

「い、いえ。別に……。昔から護ってもらって感謝しているとか、話していて楽しいとか……そういうとりとめのないことは話してくださいましたが……」

「そう…ですか」

相変わらず、レオンは悩んでいるようだ。

だが、エリーザの秘められた気持ちを聞いてしまった今は、どうしてか以前の彼の様子と少し違っているようにも感じられた。

なんとなく――どことなく、エリーザが気持ちを隠していたときの様子と似ている気がするのだ――。

(もしかして……)

シュザンヌは思った。

もしかして――彼もエリーザのことを特別に想っているのではないだろうか？

なんとなく、今の言葉から、そして彼の気配から漂ってくるものがあるのだ。

しかし、もし間違っていたらと思うとこれ以上踏み込むことははばかられる。

(でも……)

もう少し訊いてみようかと、シュザンヌがそう思ったときだった。

「――いつまでそこにいる気だ」

「！」

突然、アレクシスの声がした。振り返れば、彼は憤りの顔で近づいてくる。

「レオン」

そしてレオンを呼ぶと、「エリーザの側へ」と命じる。

「わ、わたくしが」

慌ててシュザンヌが立ち上がったが、「お前には話がある」とアレクシスに止められる。

（二人を近づけるなんて……）

シュザンヌは内心気が気ではない。

だがアレクシスはシュザンヌの腕を掴んで離さない。レオンが去っていくと、アレクシスはシュザンヌを睨みつけてきた。

「風に当たりに行くだけにしては随分と長居だな」

「……」

「わたしとはいたくないのにレオンとは平気というわけか」

「レオンどのは、紳士ですから」

「お前は……」

シュザンヌが言い返すと、アレクシスは顔を歪める。

シュザンヌは負けじと一層強く睨むと、アレクシスの手を振り払った。

「で――殿下はわたしを好きなわけじゃありません。ただ物珍しいから側に置きたいだけです」

「なぜそんなふうに言う。確かに、わたしが強引だったことは認めよう。お前のような毛色の変わった女を側に置いてみたいだけだった。だが、今はそれだけではない気持ちが芽生えている。お前のその、わたしに対しても憶することなくものを言う強さは、かけがえがない」

真摯な声音でそう言い切るアレクシスの声に、シュザンヌは胸が揺さぶられるのを感じた。

『かけがえがない』

耳の奥で、彼の言葉が繰り返し響く。そのたび、胸の鼓動が速くなる。まさかアレクシスが自分のことをそんなふうに思っていたなんて、そんなふうに言うなんて思っていなかった。

まさか、一国の王子である彼が。

シュザンヌは戸惑いながら小さく頭を振ると、アレクシスに言い返した。

「強い者なら、他にもおりましょう。お戯れはおやめください」

「お前は父上の一番の騎士であったバロー侯の娘だ。妻として迎えてもおかしくはない」

「父は確かに誉れの騎士です。ですが一介の諸侯。政に関わる貴族の家ではありません」

自分の立場ぐらい、シュザンヌにもわかる。武勲で地位を得た父は誇りだけれど、それは生まれながらの家柄とは違うのだ。そして王妃となるのは、生まれながらの貴族の家の娘だけだ。

しかしアレクシスは熱っぽい視線でじっと見つめてくる。

その視線が辛くて、シュザンヌは目を逸らした。

強引で傲慢で、人の気持ちなどまるで意に介さないような人。なのにこんなふうに真剣に見つめられると、どうすればいいのかわからなくなる。

彼の声が、彼の指が、彼の息の熱さが思い出されて、身体が熱くなってしまう。心が騒いでしまう。好きじゃないのに、好きになるわけなんてないのに、胸が切なく苦しくなる。

彼の言葉などただの一時の戯れだと思いたいのに「もしかしたら」と思ってしまう。

「失礼いたします」

この場にいたくなくて、シュザンヌが顔を逸らして立ち去ろうとしたとき。

「待て」

再びアレクシスが腕を摑んでくる。次の瞬間、シュザンヌは芝の上に押し倒されていた。

「で、殿下！」

慌てて、シュザンヌは声を上げる。

だがアレクシスは「何もしない」と短く言うと「だから少しおとなしくしていろ」と今までとは少し違う柔らかな声音で言う。その声に、シュザンヌが抵抗をやめると、

「見てみろ」

シュザンヌを腕に抱いたまま、アレクシスが空を見上げて言った。シュザンヌもそろそろと見上げる。するとそこには広い夜空と星の海があった。

アレクシスが続ける。

「見ろ。この夜空と数多《あまた》の星を。どこまでも広く、どれも美しく輝いている。これに比べれば、家柄の違いなど小さなものだとは思わないか」

「……」

「同じこの空の下にいる二人だ。何も変わらぬ」

「でも――」

「なんだ」

「わたしは剣を使うことしかできません」

シュザンヌは言った。

「他の女性たちのように、優しく振る舞うことができません。がさつで、女らしくなくて」

「確かに、どちらかといえば優しいというよりは勇ましいといった様子だな」

アレクシスの言葉に、シュザンヌは赤くなる。だが、アレクシスはすぐにふっと微笑んだ。

「それでいいではないか。同じ星がないように、同じ花がないように、女も皆同じではつまらぬ。そしてわたしは、お前と一緒にいたいと思うのだ」

「ですが……」

「なんだ、誰かに何か言われたか」

「！」

シュザンヌが息を呑むと、アレクシスはくっと笑った。

「図星か。皆お前を羨《うらや》んでいるのだ。凛《りん》と美しいお前を」

そしてアレクシスは、シュザンヌの髪を撫でてくる。その手は、今までさんざんシュザンヌを強引に抱いた手と同じものとは思えない、優しい手つきだ。

「美しい髪だ。瞳も吸い込まれるようではないか。首飾りも似合っているが、お前の瞳の方がよほど美しい」

紡がれる言葉に、シュザンヌは自分の頰が熱くなるのを感じる。

早く身を起こしてこの場から立ち去らなければと思うのに、温かく広いアレクシスの胸の中は心地よくて、動けなくなってしまう。

そのときだった。どこからともなく、音楽が聞こえてくる。

「おっ」

アレクシスにも聞こえたのだろう。彼は声を上げ起き上がると、そのまますらりと立ち上がる。

「もう、お戻りになられた方が」

シュザンヌも身を起こすと、口早に言った。

アレクシスがあまり場を空けるのはよくないだろうと思ったのだ。

だが彼はそれに答えず、代わりにさっと手を差し出してきた。

「踊れるだろう？」

「え……？」

「さっさとしろ、この国の王子にいつまでこんな格好をさせておくつもりだ」

「ま、待ってください！　わ、わたしは下手《へた》で」

「それがどうした」

「……」

「早くしろ。それとも踊るよりも押し倒される方が好きか」

「なっ――」

仕方なく、シュザンヌはそろそろとアレクシスの手を取って立ち上がる。

するとすぐに、彼のもう一方の手に腰を抱き寄せられた。

シュザンヌは緊張したが、アレクシスは無理をせず優しく揺れるだけだ。それでも繋がった手は熱く、甘い香りにくらくらさせられる。

火照るシュザンヌの耳を、アレクシスの声が掠める。

「周りの者の言うことなど気にするな。お前は綺麗だ。勝ち気だがそこもいい。そしてこんなに柔らかく、甘い香りがする」

「殿下……」

「お前がどれほど艶めかしいか、わたしはよく知っている。お前がわたしを受け入れたとき、どれほど艶めいた声を出すのかも」

「で、殿下」

シュザンヌは真っ赤になる。するとアレクシスは小さく笑って続けた。

「この国を、わたしはもっともっとよくしたいと思っている。だからお前に側にいてもらいたいのだ。お前は女だ。だが騎士の心も持っている。そんなお前に。わたしに臆さずものを言うお前に」

「……」

「近隣諸国とはまだ戦の火種が残っているし、王宮内でも揉め事が絶えぬが、いずれはそれも終わらせて、誰もが幸せに暮らせる国にしたいと思っている」

その瞳は、強い決意と優しさに満ちている。

見つめられていると、甘酸っぱい疼きが胸の中に広がり、シュザンヌはたまらなく切なくなった。

騎士として生きていくつもりだった自分。けれど心は、彼の言葉にどうしようもなく震えている。自分もまた彼に惹かれていることを、もう隠せなくなりそうだ。

それが怖くてシュザンヌが思わず俯いてしまうと、シュザンヌの手を取っていたアレクシスの手が静かに離れる。そのまま頤に触れ、ゆっくりと上向けられる。シュザンヌは抵抗しなかった。

シュザンヌの青い瞳に、真っ直ぐに彼女を見つめる、熱を孕んだアレクシスの双眸が映る。息もできなくなるような情熱的な視線。胸の奥を真っ直ぐに射抜かれるかのようだ。

シュザンヌの腰を抱くアレクシスの腕に、力が込められていく。

そのまましばらく見つめ合うと、二人はどちらからともなくゆっくりと唇を重ねていった。

7

「すーっごいですねえ」

身を乗り出すようにして窓から外を覗くと、ラダは興奮した声を上げる。そしてシュザンヌの方に向き直ると、うきうきした表情で頭を下げた。

「お休みをいただき、ありがとうございます。でも本当によろしいのですか？」

「いいわよ。元々わたしはそんなに世話なんていらないんだし。家に帰るなり祭りを楽しむなりしたらいいわ」

「はい！　ありがとうございます」

そして再びばっと頭を下げると、ラダは「それでは」とはずむ足取りで部屋を出ていく。

シュザンヌはその背中を見送ると、微笑んで息をついた。

外からは、風に乗って賑やかな音楽が聞こえてくる。今日からは、年に一度の建国記念祭なのだ。

街は美しく飾られ、様々な国から大勢の商人や興行師がやってきている。城の一部も開け放たれ、人々が自由に行き来しているようだ。

ラダからその話を聞いたシュザンヌは「それなら」と彼女に休みを与えた。まだ若い彼女は祭りをとても楽しみにしているようだったし、それならば仕事の後だけでなく、昼間も楽しめばいいと思ったためだ。

聞いた話では、三日目には剣術大会も行われるらしい。

「剣術大会――か。できれば出てみたいところだけれど……」

無理でしょうね、とシュザンヌは溜息をつく。

アレクシスに結婚を申し込まれて一週間。シュザンヌはそのせいで完全にこの城を辞すタイミングも、エリーザの警護となるタイミングも失ってしまった。かといって、すんなりと求婚を受け入れられるわけではないから困ってしまう。

王子からの求婚を断ることなど恐れ多いと思うものの、もし自分がこれを受け入れれば、バロー家が、父がどう思われるだろうと考えると躊躇《ためら》ってしまうのだ。

一介の、辺境の侯爵の娘が王子の妃――。

シュザンヌが妬《ねた》まれるだけなら構わないが、口さがない者たちはきっと陰で父を悪く言うだろう。王に媚びただけでなく、娘を売って地位を得ようとしている――そんなふうに。

剣で身を立てなければ、父の名誉を回復することはできないのだ。

シュザンヌは唇を噛み締めた。

最悪の出会いだったアレクシス。だが今は、彼に求められていることを嬉しく感じている自分がいる。身体から始まった関係でも、彼を知るほどに惹かれ始めている。

女であることを捨てようとしていた自分。けれど彼はシュザンヌが女だということを思い出させ、その上騎士であることも認めてくれたのだ。

できるなら、彼の助けになりたい。彼の側にいたい。愛している人の側に。

それに、もし彼が自分以外の誰かと結婚を…と考えると、胸が痛くなる。あの情熱が別の誰かにと思うと、苦しくてたまらなくなるのだ。

自分でもどうすればいいのかわからない自分の気持ちに、溜息を一つついたときだった。

ノックの音がしたかと思うと、

「シュザンヌさま、お客さまです」

城の侍女の一人が部屋にやってきた。

「お客？　わたしに？」

「はい。ええと……ゼルガン・バローさまだそうで……」

「父さまが!?　父さまが、ここに？」

「は、はい。二階の青の間に――」

シュザンヌは頷く女性を押しのけるようにして部屋を飛び出すと、急いで青の間を目指す。

息せき切って扉を開けると、そこには、他でもない父の姿があった。

「父さま！」

シュザンヌは声を上げてゼルガンに駆け寄る。

母が死んで以来、ほとんど城から出ることのなかった父がここにいる。

そう思うと、胸が熱くなる。

「……父さま……」

噛み締めるように言うと、目の奥が熱くなる。だがゼルガンは驚いた表情だ。

「シュザンヌ…お前…どうしたのだその格好は」

「あ…そ、その……」

忘れていた。

今の自分は騎士の格好ではなくドレス姿だ。

恥ずかしさに赤くなりながら、シュザンヌは言った。

「そ、その…ここではこの格好が…きまりで……」

「……」

「に、似合っていないのはわかってるわ。でもきまりで」

「いや」

「えっ？」

「今まであまりそういう格好は見なかったが、似合っている。母さんにそっくりだ」

ゼルガンは目を細めて言う。気恥ずかしさに頬を染めるシュザンヌに、父は続ける。

「お前にもそういう格好をさせてやるべきだったかな。お前はできがよかったせいで、ついつい……わたしの期待をかけすぎた」

「いいえ、父さま」

どこか後悔を感じさせるゼルガンの声に、シュザンヌは首を振って言った。

「わたしは父さまに剣を教えてもらってよかったと思ってます。こんな格好より、いつもの格好の方が好きだし。それよりどうしてここへ？」

そして尋ねると、ゼルガンは王都へ来たわけを話し始めた。なんと、剣術大会に出るというのだ。

目を丸くするシュザンヌに、ゼルガンは照れた様子で続ける。

「しばらく剣を握っておらぬし、恥をかくだけかもしれんが、お前の手紙を見ていると励まされてな。いつまでもうじうじしていては、死んだアリアにも笑われるだろうと……そう思ってやってきたのだ。セリアナもそうした方がいいと背を押してくれた」

「父さま……」

「昔の友に会うのも楽しみだ。向こうはもう、忘れているかもしれんが」

そう話す父の顔は、しばらく見なかった明るさと以前の彼を思わせる威厳に満ちている。

シュザンヌは嬉しさに泣きそうになるのを堪えて笑顔で頷くと、

「頑張って」

と励ました。

懐かしい父の声と、表情。またあんな表情を見られると思っていなかった。しかも剣術大会に出るために、わざわざ王都までやってきたなんて……。

シュザンヌは胸が熱くなる。だが、

『お前の手紙を見ていると励まされて――』

父のあの言葉には胸が痛くなる。

だって自分は、手紙に本当のことは書いていない……。

「精一杯やってみよう」と言い残して去っていく父を見送りながら顔を曇らせてしまうと、

「シュザンヌ」

いつの間にか、エリーザの姿があった。側には侍女頭だけだ。

まだぎこちないながらもドレスを摘んで膝を折って挨拶をすると、エリーザは「見ていましたよ」と微笑んだ。

「今のは、シュザンヌのお父さまですね。金杯騎士のバロー候が剣術大会に出られるとなれば、さぞ盛り上がるでしょう」

「は、はい。わたしも驚きました。ですが父がまた剣を取ったことは、娘としても嬉しい限りです」

「わたしの父も喜ぶでしょう。何しろお気に入りでしたから」

「陛下も大会をご覧に？」

「その予定のようですよ。この数日は具合もよくて、観戦するぐらいなら問題ないだろうとお医者さまが」

「そうですか」

本当なら嬉しいことだ。

シュザンヌはぱっと表情を輝かせる。すると直後、

「それでね、シュザンヌ」

エリーザがさらに近づいてきたかと思うと、声を落として言った。

「折り入って、頼みがあるの」

「なんでしょうか」

「その…明日、街に出てみたいの。それで、あなたに警護を頼みたいと思って」

「ま……む、無理です」

思いがけない話に、シュザンヌは慌てて首を振った。

「そんなふうにおっしゃるということは、内緒での外出ということですよね？　無理です」

「そこをなんとかしてほしいの。少しの間でいいの」

「エリーザさま……」

「お願い」

エリーザの声も瞳も真剣だ。王女にそんな目をされては、無下にできなくなってしまう。

「で、ではひとまずことの次第をお聞かせください。答えはそれからということで」

「……」

「エリーザさまの御身《おんみ》のためです」

「わかりました。では…わたしの部屋でいいかしら」

「はい」

そしてシュザンヌはエリーザとともに彼女の部屋へ赴く。

すでにその予定だったのか、部屋は人払いされているようだ。

侍女頭だけが控える中、エリーザはそっとソファに腰を下ろすと、傍らにシュザンヌを座らせて言った。

「その…実はこの祭りの間だけ開かれているという、とある店へ行きたいの。侍女が話していたのだけれど、願いが叶う石を売っているとか。場所は……このあたりだというのだけれど」

そして差し出された地図を見れば、店があるのは街の祭りの中心部。市場や屋台の並ぶ一角だ。

エリーザは頬が赤い。

（そうか……）

その様子に、シュザンヌは得心した。エリーザは、レオンとの仲を深めたいと願い、そのために石を買いに行こうとしているのだ。

エリーザは続ける。

「この間の宴のことを覚えている？　あなたにも一緒にいてもらったときの……」

「は、はい」

アレクシスに告白された夜だ。頬が赤くならないことを祈りつつシュザンヌが頷くと、エリーザは切なげに溜息を零して続けた。

「あのとき、お兄さまもいなくなってしまって困っていたら、レオンが来たの。その…あなたが席を外している間は自分が側にいる…と言って」

「……」

「そうしたらその…叔母さまがせっかくだから二人で踊ればどうかとおっしゃって……。その…そういうことになったの」

「……」

そういうことか、とシュザンヌは再び納得する。あのとき聞こえてきた音楽はそのせいだったのだ。

自分たちが一緒にいたときに、エリーザたちも…と思うと不思議な感覚に囚《とら》われる。エリーザは続ける。

「それで…その…わたし、やっぱり彼のことが好きでたまらなくなってしまったの。無理だと思うけれど、いつか彼にもわたしを好きになってほしくて…それで、願いが叶うという石が欲しいと思って」

「ですが、街中にお一人でというのは」

「でも大勢で行っては目立ってしまうわ。あなたと二人なら、人混みに紛れることができると思うの」

「……」

「お願い。わかってくれるでしょう？」

エリーザはじっとシュザンヌを見つめてくる。

「シュザンヌは好きな人はいないの？」

「わたしは……」

言い返そうとして、声が喉に詰まる。黙ってしまうと、エリーザは微笑んで首を振った。

「ううん。言わなくていいの。無理に聞き出すようなことはしたくないわ。でもいるならわかってほしいの。何かせずにいられないのよ」

エリーザの声は真剣だ。そしてその気持ちは、シュザンヌにも痛いほどわかる。

シュザンヌはエリーザの手を握ると、深く頷いた。

「わかりました。ですが二人というのはさすがに……。ミラさんにもご一緒願いましょう。三人なら、さほど目立たないでしょうし、万が一のときにも一人が助けを呼ぶことができます」

「わ、わたくしもですか？」

それまで傍らにいた侍女頭のミラが慌てた声を上げる。

だがシュザンヌが頷きエリーザも見つめると、「わかりました」と苦笑しながら頷いた。

「お伴いたしましょう。わたしのような年寄りが行くような店ではないと思いますが……」

「そんなことはないわ。何か願いがあるなら、一緒に石を選びましょうよ」

「わたしの願いは、エリーザさまがお幸せになることだけでございます」

そして優しくエリーザを見つめるミラに、シュザンヌまで胸が温かくなる気がする。

しかし、そこで大切なことを思い出した。本来警護をしているレオンのことだ。彼が側にいては、王城を抜け出すことは難しいのではないだろうか？

そう尋ねたシュザンヌに、エリーザは「大丈夫」といたずらっぽく笑った。

「実はね、レオンも剣術大会に出るの。だからその前の日から、出場者を集めた詰め所にいるのよ。もちろん彼の部下が警護についてくれているけれど、レオンに比べれば抜け出しやすいわ」

「そう…ですか……」

「ええ。城の抜け道なら、わたしに任せて」

きゅっと笑うエリーザに、シュザンヌも頬を綻《ほころ》ばせる。

「畏まりました」

頭を下げて明日のことを約束すると、その手にエリーザの手がそっと重ねられた。

「ありがとう、シュザンヌ。あなたもあなたの好きな人と上手くいくことを願っているわ」

エリーザは優しくそう言ってくれたけれど、シュザンヌは笑うことはできなかった。

8

「綺麗……」

迎えた祭りの二日目。

出かけた街は、普段以上の活気に満ちていた。

いや——いつもとは比べものにならないといっていいだろう。人の多さも、その声の大きさも雰囲気の華やかさも、何もかも違っている。

男も女も若者も老人もみんな笑顔で、この三日間を楽しもうという空気に満ちている。

そして訪れた店は若い女性でいっぱいだ。「願いの叶う石」の噂はこの街の若い女性の間では有名なのだろう。

狭い店は人がすれ違うのも一苦労で、ぎゅうぎゅうと押し合うほどだが、シュザンヌが見たところ危険な人物はいない。ただ、どの女性も石を探す表情は真剣で、恋にかけるその熱には驚かされてしまうほどだ。

エリーザもそれは例外ではなく、侍女に借りた質素なドレスを纏いつつも、真剣に吟味《ぎんみ》している。その横顔は真剣で美しい。

微笑ましく感じながら見つめていると、

「あなたは買わないの？　シュザンヌ」

それまで石を見比べていたエリーザが、不意に尋ねてきた。

「えっ……」

胸がドキリと鳴る。実はここに来たときから、アレクシスの瞳の色に似た石が気になっていたのだ。

それが顔に出たのだろう。エリーザは小さく微笑むと「買った方がいいわよ」と続ける。

「せっかく来たんだもの。買えばいいじゃない。いいことはわたしだけじゃなくあなたにもあった方がいいもの」

「……はい……」

温かなエリーザの言葉に、シュザンヌは頷くと、女性たちに混じって石を選ぶ。何を選ぼうとしているのか見ないようにしてくれているエリーザに感謝しつつ、目当てのものを買うと、同じように買うものを決めたエリーザとともに会計を終え、店を出る。

「ああ――お二人とも。なかなかお戻りにならないからはらはらいたしました。さ、すぐに城へ帰りましょう」

顔を合わせた途端、店の外で待ってくれていたミラがほっとした顔を見せる。

しかし、そうして三人で王城に戻り始めたとき。

「きゃーっ！」

どこからともなく、悲鳴が上がった。

「⁉」

シュザンヌがはっと見ると、店の一つから火の手が上がっている。事故だろうか？　しかしそう考えた次の瞬間には、また別の場所で火が上がった。

「きゃぁぁぁぁ！」

「逃げろ！　こっちからも火だぞ！」

悲鳴と怒号が交錯する。

——ただの火事じゃない。

察したシュザンヌは、さっとエリーザの手を取ると、

「エリーザさま、わたしから離れないでください」

強く言い、彼女の手を引いてすぐにその場から逃げようとした。手荒だとか無礼だとか失礼だとか、そんなことを考えている間はなかった。とにかく彼女を護らなければ。

何が起こっているのかはわからないけれど、悪いことが起こっているということだけはわかる。

ただごとじゃない。とにかく、早く城へ戻らなければ。

だが、突然のことに、集まっていた人たちは混乱している。混乱は混乱を呼び、人の波は一層混沌《こんとん》に陥り、シュザンヌたちは動けなくなってしまった。

「エリーザさま！」

「シュザンヌ……っ……」

歩き慣れていないエリーザをなんとか支えるようにして、一刻も早くこの場から逃げようとするが、なかなか進めない。

逃げようとする人、火を消そうとする人、何が起こっているのかと立ち止まる人たちが混ざり、一帯がパニックだ。

「下がれ！　下がれ！」

祭りの警備をしていた男たちが声を上げるが、とてもではないが手が足らない。

誰か人を呼んだ方がいいのではないだろうか。

シュザンヌが思ったときだった。

「ダフールの地はダフールの民に返すべし！」

一際大きな男の声が響き、どこからともなくそれに応じる「おーっ！」という大きな声が届く。

その声に、

「あれは……。まさかダフールの人たちが!?」

エリーザが青い顔で言った。

シュザンヌもはっと息を呑む。

確かにダフールとは、今も揉め事が続いていると聞いていた。

でもまさかこんなことまでするなんて。

しかし声はなおも大きくなる。

「ダフールを取り戻せ！　ダフールを取り戻せ！」

そして同時に、あちこちで争いが始まった。

「きゃあっ――」

人の波が大きく動く。暴動だ。しかも暴徒がどこにいるのかすらわからない。

だがもし、王女がここにいることが知れたら……。

「エリーザさま、これを！」

シュザンヌは近くの店にあったスカーフを取ると、エリーザに顔を隠すようにと渡す。

しかしその直後。

「!?」

不意に強く腕を掴まれた。

「無礼者！」

その手を振り払い、剣に手をかけたその瞬間。

「シュザンヌどの！」

聞き覚えのある声がした。

見れば、レオンだ。彼はシュザンヌとその隣のエリーザ、そしてミラが無事なことを確認すると、ほっとしたように「やはりここでしたか」と呟いた。

「レオンどの…どうしてここへ……」

彼は城の詰め所だったのではなかったか。

すると彼は、表情を硬くして早口で言った。

「城に賊が。そこで一旦全員詰め所を出て応戦することになったのです」

「城に!?」

「はい。それでわたしはエリーザさまのもとへ。お部屋にもどこにもいらっしゃらなかったので侍女を問いただしたところ、シュザンヌどのとともに街に——と。ですから急いで探しにまいったのですが、街もこんなことになっていたとは」

「殿下は——」

シュザンヌは不安で胸が冷たくなるのを感じながら尋ねる。するとレオンは「大丈夫です」と頷いた。

「大丈夫です。ご無事です。賊を討伐する指揮を執っておられます」

しかしその言葉を聞いても、シュザンヌの不安は増すばかりだ。本当にアレクシスは無事なのだろうか。気になる。けれどエリーザを置いてはいけない。

そう思ったとき。

「行って、シュザンヌ」

傍らから、エリーザの声がした。

「城の様子が――ううん、お兄さまのことが気になるのでしょう？　お兄さまのところへ行って」

「！」

その言葉に、シュザンヌは息を呑む。

どうして、と狼狽するシュザンヌにエリーザは微笑むと、「わかるものよ」と優しく言った。

「お兄さまのこともあなたのことも、ずっと見ていたんだもの。わかるわ」

「あ…あの…わ、わたしは……」

「話は後よ。早く行って。わたしは大丈夫。レオンが来てくれたもの」

そしてエリーザは、レオンを心から信頼している声で言うと、まだ動けないシュザンヌに強い口調で続けた。

「行って、シュザンヌ。命令よ。城へ帰って、お兄さまを護って」

その瞳は、王女の瞳だ。

「あなたの剣で、あなたの大切な人を護って。騎士の剣は、大切な人を護るためのものなのでしょう？」

「エリーザさま……」

その声に、シュザンヌは強く背を押される。

シュザンヌは一つ深く頷くと、身に着けていた短剣でドレスの裾を大きく切り落とす。

脚が露わになってしまうが、構うものか。そんなことよりも、今は少しでも早く戻らなければ。

「エリーザさまを頼みます！」

そしてレオンにそう言い置くと、シュザンヌはすぐに王城を目指した。

無事だと聞いていても、心は落ち着かない。この目で見なければ落ち着かないのだ。

「どいてください！　お願いです、道を空けてください！」

声を上げ、人波をかき分けるようにしてシュザンヌは進む。

そして息を切らしながらようやく城まで戻ると、出かけるときには大勢いた街の人たちが一人もいなくなっていた。きっと、皆避難したのだろう。

美しく整えられていたはずの木々や庭は、滅茶苦茶に荒らされている。飾りつけもほとんど壊され、その残骸《ざんがい》があちこちに散らばっている。

壁もいたるところが壊されているようだ。

「こんな……いったい……」

いったいどれほどの賊が押し入ったというのか。

しかもどうやって警護の隙をついたのだろう？　もしかしたら、内部に手引きした者がいたのだろうか？

だとすると、大きな裏切りだ。アレクシスはどれほど傷ついているだろう。

この国のことをあんなに考えていたのに。

シュザンヌは、アレクシスの心境を思い、眉を寄せると、彼を探し、さらに走った。

騒がしいところがあれば静かなところもあり、どんな規模で騒ぎが起こっているのか見当もつかない。それがかえって恐ろしく、シュザンヌは少しでも早く彼のところへ、とはやる心のままに走る。

すると、一人の衛兵が倒れている姿が目に入った。

「！　大丈夫!?」

思わず駆け寄る。脈を取って確かめれば、なんとか命はあるようだ。だが腕からは血が出ている。早く治療しなければ、このまま死んでしまうかもしれない。

（誰か人を……）

呼ばなければ、と思ったときだった。

「!?　女!?」

突然、目の前に三人の男が現れた。見慣れない格好だ。侵入したという賊だろう。一瞬驚いた顔を見せたものの、すぐにそれを興味深そうなものに変え、じりじりとシュザンヌに近づいてきた。

「こんなところに女がいたのか。こりゃいい」

「おい、妙な気を出すな。この国の者は、女であろうが皆敵だ」

その表情は、こちらを芯から憎んでいるような恐ろしいものだ。初めて対峙《たいじ》する「敵」。恐怖さに震えそうになるのを堪えると、シュザンヌは倒れている衛兵が持っていた剣を拾う。そして構えると、男の一人は愉快そうに眉を上げ、そして男の一人は無表情に、もう一人は眉を寄せながら続けざまに抜刀した。

「女、剣を置け。置けば殺さずにいてやろう」

「断るわ。そんなわけにはいかないの」

男の言葉に、シュザンヌはきつい口調で言い返す。恐怖に脚が震えるが、ここで逃げるわけにはいかない。この先に、アレクシスのところに行かなければならないのだから。

「はあ……っ！」

シュザンヌは声を上げると、男の一人に向けて突っ込んでいく。

全員を倒すのは無理でも、せめて手傷を負わせてここを突破しなければ。

「つ……はぁっ！　はっ——！　やぁ……っ！」

「うわっ――！」

するとと数度の打ち合いののち、シュザンヌの剣先が男の腕を切り裂く。男は剣を取り落とすと、痛みに呻きながら蹲《うずくま》る。

（一人……）

しかし、シュザンヌもすでに疲れがたまっていた。

街から走って帰ってきた上に、慣れない重たい剣だ。その上、三対一。それもこちらを憎んでいることがありありと伝わってくる相手だ。まったく気が抜けない。

「っ……やあ……っ！」

それでもシュザンヌは、立ち塞《ふさ》がる男たちに向かっていく。

アレクシスのもとへ辿り着きたい――辿り着きたい。その一心で。

だが、残りの二人の男はどちらも手練《てだ》れだった。打ち込んでも打ち込んでも受け流され、疲れたところを攻められ、次第に押されていく。

「っ……！」

「女、剣を置け」

息が上がり、ゼイゼイと肩で息をするシュザンヌに、一人の男は繰り返す。シュザンヌは男をキッと睨むと、剣を構え「断る！」と言い返した。

その答えに男が目を細め、二人が同時に斬りかかってくる。

「！」

なんとか一人の刃はかわしたものの、そのはずみでよろけた眼前に、白刃が迫る。

(切られる——！)

シュザンヌが覚悟した、そのときだった。

「シュザンヌ！」

声がしたかと思うと、キィン！　と、剣がぶつかる音が響き、土埃が舞う。

はっと見れば、そこには片手に剣を携え、シュザンヌを護ろうとするかのように男たちに対峙するアレクシスの姿があった。

彼が助けてくれたのだ！

いったいどこから現れたのか。だがその姿は、まさに騎士の中の騎士といった勇ましさと凜々しさだ。

「殿下……！」

「お前、どうしてこんなところに！　早く逃げろ！」

驚くシュザンヌにアレクシスは声を荒らげる。だがシュザンヌは首を振ると、すぐさまアレクシスの背に背を合わせる格好で剣を構え直した。

自分は彼を護るために来たのだ。逃げる気なんてまったくない。たとえ彼に「逃げろ」と言われたとしても。

「シュザンヌ……！」

そんなシュザンヌの様子に、アレクシスがさらに声を上げようとしたとき。

「アレクシス王子、お命頂戴する！」

男の一人が大きな声で叫びながら、斬りかかってきた。

「っ――！」

だがアレクシスはその一撃を受けると、すぐさま反撃に転じる。しなやかに、しかし的確に男を追いつめていく様子は、思わず見とれるほどだ。

シュザンヌはもう一人の男と剣を合わせながらも、アレクシスの剣技の素晴らしさに感嘆せずにはいられない。

彼が、この国の王子。

彼が、わたしを愛していると言ってくれた人――。

「やあ――っ！」

「はっ――！」

そしてアレクシスが男を斬り倒したのとほぼ同時、シュザンヌもまた、男の剣をかわし、斬り倒す。あたりに静けさが戻ると、二人はどちらからともなく見つめ合い、ほっとした笑みを見せた。

「それにしてもお前…どうしてここに」

アレクシスは改めて尋ねてきたが、シュザンヌは答えられなかった。彼が無事だったことがわかると、胸が詰まって言葉が出ない。代わりに、涙が零れた。

「お――おい!?」

はらはらと涙を零すシュザンヌの耳に、アレクシスの慌てたような声が届く。

「なん…なんでもありません……っ」

シュザンヌは涙を拭うと、必死に言い返した。こんなことで泣いてしまうところなんて、見られたくない。ほっとして涙を零したなどと知られたくない。なのに涙は後から後から零れて、どうしても止まらない。

すると、アレクシスはそっと抱き締めてきた。

「助けられてよかった」

シュザンヌの耳に、優しい囁きが落ちる。

「お前が二人を相手にしていたところを見たときには、命が縮まったぞ。いったいどうしてこんなところに――」

「エリーザさまの命《めい》です。アレクシスさまをお護りするようにと……いえ」

シュザンヌは顔を上げて言った。

「わたしが来たかったのです。殿下のことが、心配で――」

想いのままに言葉にすると、アレクシスが息を呑む音がする。そしてゆっくりと――しかし強く強く抱き締められた。

「お前はまったく——わたしを飽きさせぬ女だ。わたしを護ろうとする女など見たことがない。得がたい奴だ。だったら常にわたしとともにいるがいい。ずっと、一緒にいろ。いるのだ。いいな？　わたしはお前を離さぬ」

「……はい……」

アレクシスの言葉が、胸に染み渡っていく。

シュザンヌが頷くと、アレクシスは「やっと素直になったな」と笑う。

つられるように微笑みながら、シュザンヌはいつしか自分の心を覆っていた固い殻が、ゆっくりと溶けていくのを感じていた。

彼のことが好きだ。彼が王子でも、その気持ちは変えられない。

溢れる愛情を込めてアレクシスを見つめると、彼の手が優しく頬を撫でる。

「お前はわたしの伴侶《はんりょ》だ。騎士で、女で、そしてわたしの唯一の伴侶だ。シュザンヌ。いいな」

「はい、殿下」

シュザンヌが頷くと、アレクシスはきつく抱き締めてくる。

交わされた口づけは、今までのどんなそれよりも優しく甘いものだった。

◆

「父さま！」

「おお、シュザンヌ！　無事か」

「はい」


王城の混乱が収まったのは、それから約一時間後だった。

賊はどうやら三十人近く。街の人たちに混じって王城に入り、時間を合わせて一気に暴動を起こしたらしい。その折には爆薬も使われたらしく、被害は決して小さくはなかったようだが、幸い、アレクシスの対処が早く、死亡者はいなかった。

賊はアレクシスを狙うとともに国王にも刃を向けようとしたらしいのだが、それも未然に防ぐことができた。そしてそれを防いだのは、なんとシュザンヌの父、ゼルガンだったというのだ。

ゼルガンが剣術大会に来ていることを知った王は、試合の前にゼルガンを呼び、会おうとしたらしい。そこに賊が侵入したようなのだが、父が一刀のもとに賊を撃退したようだ。

「そなたが父を護ってくれたのか」

アレクシスは、跪いているゼルガンに顔を上げるように言うと、「礼を言う」と厳《おごそ》かに言う。

「ありがたきお言葉です」

その言葉に、父はさらに深く頭を下げる。だが、

「そしてこんなときになんだが言っておく、シュザンヌをわたしの妃にする。――いいな」

そう続いたアレクシスの言葉には、驚かずにいられなかったらしい。

「で、殿下!?」

顔を跳ね上げると、目を丸くし、アレクシスを見る。しかしアレクシスが「わたしの妃にする」と再び言うとそれが本気だと理解したのだろう。代わりにシュザンヌを見つめてくる。

シュザンヌが真っ赤になったまま頷くと、ややあって、父はゆっくりと破顔した。

「ありがたき幸せにございます」

「うむ。これからのことはまたのちほど話すことにしよう。今は身体を労られるがいい。城に部屋を一つ用意させる。寛がれよ」

そしてアレクシスがそう言って立ち去ると、父は立ち上がり、シュザンヌに近づいてくる。

大きな手にぎゅっと手を握られた。

「驚いたぞ。いつの間にそんな話になったのだ」

「いつというか……その、色々と……」

「色々とではないだろう。まったく……お前は……」

「もうしわけ……」

「謝るな！　馬鹿者。王子の妃になる者が謝ってどうする。わたしは感激しているのだ。そして、お前を誇りに思っている。わたしのために王都まで赴いてくれたお前は、最高の娘だ」

「父さま……」

「あとは、殿下と自分のために生きるといい」

「わたしで務まるのか不安ですが、頑張って務めたいと思います」

「ああ。だが大丈夫だろう。お前は昔から、しっかりとした子だった」

ゼルガンは、シュザンヌの手をぎゅっと握り締めて去っていく。父の表情に光が戻ったことに、シュザンヌは改めて嬉しさを感じていた。

◆

その夜。

シュザンヌはドキドキしながら時間が過ぎるのを感じていた。

今日はあんなことがあったから、アレクシスがやってくることはないかもしれない。だが来るかもしれない。そう思うと、胸が騒いで落ち着けない。

唯一心配だったエリーザは、レオンの護衛で無事に城へ戻ってきた。その道中、二人に何があったのかはわからないが、エリーザはとても嬉しそうだった。

もしかして、想いが通じ合ったのだろうか？

尋ねてみたい気もする。自分の背を押してくれたエリーザの恋だからこそ、それが叶ったかどうかが気になるのだ。けれど今は、それよりも今夜のことだ。

（いっそ、もう眠ってしまおうかしら？）

こんなふうに悩んでいつまでも起きていると、なんだか意味もなく部屋の中を歩き回ってしまいそうだ。

そんな自分の落ち着かなさが恥ずかしくて、シュザンヌは思わず胸の中で呟く。

しかしそのとき。

「シュザンヌ――」

声がしたかと思うと、アレクシスが部屋に入ってきた。

ついさっきまで事態の処理に追われていたのだろう。どことなく疲れたような表情だ。だが、一筋二筋と髪を乱しているその様子は、男らしく艶めかしく、ドキドキさせられる。

シュザンヌが動けずにいると、アレクシスは真っ直ぐに近づいてくる。そしてぎゅっと抱き締めてきた。

「シュザンヌ。会いたかったぞ」

「さ、さっきまで会っていたではありませんか」

「さっきはさっきだ。こんなことがあった夜だからこそ、お前に会いたくてたまらなかった」

「殿下……」

そしてアレクシスは、シュザンヌを抱き締めたまま手短かに事の顚末《てんまつ》を話してくれる。

それによれば、どうやらやはり城内に賊を手引きした者がいたらしい。

アレクシスは長く溜息をついた。

「わたしに不満のある者がいることは知っていたが、いざ目の当たりにするとやはり辛いな。しかも父にまで刃を向けるとは……」

「街の暴動も、その者たちが？」

「ああ。ダフールの地の者たちと共謀して、祭りに乗じて謀反《むほん》を起こすつもりだったらしい。幸い、大きな被害はなかったが……」

「これから大変ですね」

「そうだな。街の復興と国交の問題もある。やらなければならないことが山積みだ」

アレクシスは溜息をつく。しかし直後「だが」と続けた。

「だが、それもお前の支えがあればやっていける。国のどんなことをするよりも、お前をわたしの妃にする方が難しそうだったからな。それが叶った今、わたしはなんでもできよう」

「殿下……」

シュザンヌの頬が染まる。アレクシスは真っ直ぐにシュザンヌを見つめてくると、真摯《しんし》に続けた。

「シュザンヌ。改めて言う。お前はわたしの妃になるのだ。お前は、わたしのたった一人の妃だ」

「……殿下……」

「返事をしろ、シュザンヌ。お前は、わたしの妃だ」

「……はい、殿下」

シュザンヌは嚙み締めるように言うと、深く頷く。すると、その頬にそっと唇が触れた。

「愛している」

「殿下……」

「アレクシスでいい」

「アレクシス、さま……」

「ああ」

「アレクシスさま……わたしも…わたしもあなたを愛しています……」

ようやくシュザンヌも自らの想いを伝えると、アレクシスは満足そうに微笑み、ぎゅっと抱き締めてくる。

そのまま深く口づけられ、ベッドに押し倒され、見上げると柔らかく微笑まれた。

「もう何度もお前を抱いているのに、今は一際美しく思えるな」

「な…何をおっしゃって……」

「本当のことだ。もっとも、お前が一番美しくなるのはこれからだが」

「んっ……」

そして口づけられながらゆっくりゆっくりと着ているものを脱がされ、シュザンヌは真っ赤になる。

アレクシスが言った通り、今まで何度となく身体を重ねているのに、今が一番恥ずかしい気がする。

生まれたままの姿になったシュザンヌに、すべてを脱ぎ落としたアレクシスが覆い被《かぶ》さってきた。

身体の温《ぬく》もりが心地好い。

「愛している、シュザンヌ」

口づけの合間に、アレクシスが囁く。それが嬉しくて抱き締めると、より深く口づけられた。

「っ……ん、ん、んぅ……っ」

挿し入ってきた舌に舌を舐められ、上顎の凹みを辿られ、背筋にぞくぞくと震えが走る。

口づけはそのまま喉元を撫で、肩に滑り落ち、やがて胸の突起に触れる。

「あ……っ」

刹那《せつな》、高い声が零れた。

そこを柔らかく吸われ、舌先で弄られると、胸の突起はみるみる硬くなっていく。

「あ、あ、あァ……っ」

音を立てて吸われると、堪えきれず嬌声が零れた。背筋にぞくぞくと震えが走る。腰の奥が熱くなって、自分の身体が潤い始めているのがわかる。

「は……っん、ん、んっ…っ——」

「綺麗な肌だ。瑞々しくて、手に吸いついてくる……」

「つぁ……っ」

「白い肌が仄《ほの》かに染まっていくところがたまらぬな」

「あァ……っ」

ちゅう……っ一際強く吸い上げられ、シュザンヌは大きく背を撓らせた。

頭がくらくらする。気持ちがよくて、身体が熱くてたまらない。

するとアレクシスの唇がさらに下がっていく。やがて、大きく脚を開かされたかと思うともうすっかり濡れている淫花にそっと口づけられた。

「アァ……ッ——」

その刺激に、シュザンヌは大きく身悶える。

熟れた媚肉を舌と唇で熱っぽく愛撫されると、頭の中が真っ白になって何も考えられなくなってしまう。

「は…っ…だめ……っ…だめです…殿下……っ」

「名前で呼べ、シュザンヌ」

「ぁ…あ…や…で…アレクシス……っ……」

「お前はここまでもが綺麗な色なのだな。それに――蜜《みつ》はまるで媚薬のようだ」

「あ――あァ……ッ」

敏感な肉芽を、もうしとどに濡れた花びらをちゅくちゅくと音を立てて舐められるたび、シュザンヌは大きくを背を撓らせる。

腰が震えて止まらない。身体の中で熱がうねり、劣情が全身を火照らせていく。

「アレクシス……もぅ……っ」

掠れた声で名前を呼ぶと、アレクシスも情欲にまみれた声で言う。

「わたしが欲しいか、シュザンヌ」

「は、い…はい……あなたが欲しい……欲しい…です……」

身悶えしながら懇願の声を上げると、アレクシスはゆっくりと顔を上げる。そして再びシュザンヌにのしかかってきたかと思うと、その両脚を掬《すく》い上げ、ゆっくりと入ってきた。

「ぁ…あ——ぁ……っ」

その瞬間、シュザンヌは小さく身体を震わせ、達していた。

立て続けに、びくびくと脚が震える。恥ずかしさに顔を隠したが、その腕はすぐにアレクシスに掴まれ引き剝がされる。

「どうした、もう気をやったか」

「っ……」

「可愛らしい女だ。もっともっと感じればいい。お前は、今宵《こよい》からわたしの妃だ。毎晩、最高の幸せを与えると約束しよう」

「は……っあ…あぁあ……っ」

そのままゆっくり動かれたかと思うと、さっきまで散々弄られていた敏感な部分をそっと刺激される。二ヶ所への的確な刺激に、シュザンヌは大きく身悶えた。

「だめ…ぁ…だめ、だめぇ……っ」

突かれるたび、グチュッグチュッと淫らな音が部屋に零れる。続けざまに押し寄せてくる快感は大きく深く、シュザンヌは縋るようにアレクシスを抱き締める。

「ぁ……っあぁ……っあぁあぁ……っ」

「いい身体だ。熱く濡れて、わたしを締めつけて離さぬ——」

「アレク…あっ…ひぁ…っ」

「気持ちがいいか、シュザンヌ。こうしてわたしに突き上げられて、感じているか？」

「はい……は……あ……いぃ……っ……気持ちいい…です……っ…すご…ぃ……っ」

「わたしもだ。お前の身体は……たまらぬな……」

「あぁ……っ…アレクシス…アレクシス…あはぁ……っ」

そのまま何度となく激しく腰をぶつけられ、目の奥で火花が散る。突かれるたび蜜が溢れ、声が零れ、たまらない。

「ぁ…あ……ゃ…また……また…っ」

再びやってくる絶頂の気配に、シュザンヌは自らもまたグリグリと腰を動かしながら上擦った声を上げる。

するときつく抱き締められ、「いっていい」と優しく囁かれた。艶めいた囁きに、シュザンヌは軽く達したかのような快感を覚える。

うっすらと靄《もや》のかかる視界の向こうには、誰より愛《いと》しい王子の姿だ。

――アレクシス。

彼は額に汗を浮かべると、切なげに双眸を眇め、熱っぽくシュザンヌを見つめてくる。その男らしいセクシーさにシュザンヌは情欲が一層煽られるのを感じる。

「あなたも…あなたも一緒に……」

全身が悦びに震えるのを感じながらシュザンヌが囁くと、アレクシスは微かに驚いたよう

に瞠目し、微笑んで口づけてくる。

脚を抱え直され、結合がより深くなる。そのまま揺さぶられ、シュザンヌは昂ぶっていく快感に身を委ねるように、きつくアレクシスを抱き締め返した。

「は…っ…ぁ……っ」

「シュザンヌ……愛している——」

「わたし…わたし、も……アレクシス……っ」

「シュザンヌ——」

「アレクシス…ぁ……っ…好き……す、き……っ」

そのまま二度、三度と立て続けに激しく突き上げられ、身体が跳ねる。身体の奥も頭の中も快感でぐちゃぐちゃになる。息も汗も、どちらのものかわからない。

ただ気持ちがよくて、いつまでもこうしていたくて幸せで泣きそうになる。

「シュザンヌ…わたしの麗しの騎士…そしてこれからはわたしの妃だ……」

そんなシュザンヌの耳を掠めるのは、熱い吐息混じりのアレクシスの掠れた声だ。

きつく抱き締められ、シュザンヌは胸がいっぱいになるのを感じる。彼の妃となることに、身体も心も、全部が悦んでいる。

「アレクシス……っ」

「シュザンヌ…綺麗だ……」

「ぁ…アレクシス……っ……」

激しく揺さぶられ、もう息をするのも上手くいかない。身体の奥で熱がうねって、次々と与えられる快感に翻弄されるまま、シュザンヌはひっきりなしに声を上げ、身を捩る。

「アレクシス…っ…ぁ…あぁ……っ」

「シュザンヌ……っ――」

そして一層深々と貫かれたその瞬間。

「っぁ…あぁあぁ……っ――」

シュザンヌは高い声を上げると、大きく背を撓らせ、再び絶頂に達していた。

頭の中が真っ白に染まる。身体を震わせながらぎゅっとアレクシスに抱きつくと、ヒクつく肉壁に、アレクシスの飛沫が叩きつけられ、シュザンヌはぞくぞくと背を震わせる。

どちらのものともつかない荒い息のまま口づけを交わし合うと、

「愛している――」

優しい囁きが耳を撫でる。

シュザンヌが微笑むと、優しく逞しい腕に、きつくきつく抱き締められた。

9

「シュザンヌ！」

翌日、エリーザの部屋を訪ねると、彼女は快く迎えてくれた。怪我もなく元気な様子だったことに何よりほっとする。

いや「元気」という言葉では収まらない顔色のよさだ。輝いていて眩しいほどだ。

「昨日はご無事でしたか」

シュザンヌが尋ねると、エリーザは「ええ」と頷く。そしてはにかむようにして続けた。

「レオンが護ってくれたから、大丈夫だったわ。それに……」

エリーザは少し間を空けると、思いきるようにして言う。

「その、思いきって尋ねてみたの。レオンに、わたしのことをどう思っているか。昨日、あんなことになって命が危ないと思ったら、尋ねずにはいられなくて」

「そうだったのですね」

「ええ。それで…その……レオンは…その……わたしのことが……好きなんですって」

声は抑えきれない悦びに満ちている。シュザンヌも思わず微笑むと、エリーザは満面の笑みで言った。

「わたしのことを好きだと…そう言ってくれたの。でも凄く困っているような様子だったから、わたしも言ったの、わたしもあなたのことが好きだ、って」

「おめでとうございます」

「ええ——ええ。ありがとうシュザンヌ。わたし、とっても嬉しいわ。でもまだお兄さまには内緒ね。わたしが折を見て話そうと思っているから」

「畏まりました」

「でも……」

すると、エリーザはどこかいたずらっぽく笑って言った。

「あなたとお兄さまもよかったわ。わたし、気になっていたけれどどうすればいいのかわからなくて……。だからあのお店にあなたを誘ったのよ。怖いこともあったけれど、二人ともそれ以上にいいことがあったわね」

「はい……」

シュザンヌは頬を染めながら頷く。するとその手に、そっとエリーザの手が触れる。

はっとエリーザを見ると、彼女は可愛らしくも王女らしい、どこか大人っぽい表情で言った。

「シュザンヌがお兄さまと結婚すると聞いて、わたし、とっても嬉しかったのよ。こんなに素敵なお姉さまができるなんて、わたし、とても幸せだわ」

「エリーザさま……」

「ありがとう、シュザンヌ。お兄さまと一緒にいることを決心してくれて。わたしからもお礼を言うわ。これからもよろしくね」

「はい……」

エリーザの声を噛み締め、礼を言って部屋へ戻ると、父がやってきた。

祭りでの剣術大会は中止になってしまったため、もうゾラス領に帰るらしい。だが、そんな父から聞かされた話は思いがけないものだった。

「実はな。その…また王都で仕事をすることになるようだ」

「本当に？」

「ああ。長く剣から離れていた身では何もできないだろうと思っていたが、騎士学校の教官として取りたててもらえるらしい。教えることなどできるのかはわからぬが、陛下や殿下たっての希望でな」

「素晴らしいわ」

シュザンヌが興奮しながら言うと、ゼルガンは「ああ」と頷く。

「思ってもいなかったことだが、せっかくのお話だ。ありがたく受けようと思う。ゾラス領に戻って、皆といろいろ話し合ってからなるが……」

「そう……」

シュザンヌはしみじみと頷く。すると、ゼルガンは苦笑しながら続けた。

「まさかまた陛下のお側近くで仕えることになるとは、我ながら信じられぬが、これも人生だ。お前も幸せになりなさい」

「はい――はい。ありがとう、父さま」

シュザンヌは父と抱き合うと、「またすぐに王都に来る」と言い残して出ていくその背中を見送る。

あの父がまた王都にと思うと感慨深い。

思わず微笑んでいると、

「楽しそうだな」

アレクシスが姿を見せる。軽く口づけてくると「何があった」と尋ねてきた。

「父と会っておりました」

シュザンヌが話すと、アレクシスは「ああ」と頷いた。

「騎士学校の教官になっていただけるようお願いした。剣の腕や長年の忠誠はもちろんだが、お前のような騎士を育てた方だからな。相応しいだろうと思ったのだ」

「殿下……」

「快く引き受けてくださってよかった。父も喜んでいる」

「ありがとうございます、殿下」

シュザンヌが深く頭を下げてお礼を言うと、アレクシスは「気にするな」と微笑む。

「これぐらいのことならば、なんでもしてやろう。お前を手に入れるまでの苦労を思えばなんでもないことだ」

苦笑気味に言われ、シュザンヌも思わず苦笑すると、そっと抱き締められる。

「で、殿下」

シュザンヌが赤くなりながら声を上げると、その髪を優しく撫でられた。

「だがもう離さぬ。わたしだけの麗しの騎士よ。これからはわたしの妃として、いつまでも側にいるのだ」

「はい……」

シュザンヌが頷くと、アレクシスの優しい指が頬に触れる。次いで柔らかく触れてくる口づけに身も心までも酔いながら、シュザンヌはアレクシスの逞しい腕と広い胸と深い愛に、ゆっくりと身を委ねていった。

END

王女の純愛～わたしだけの騎士～

Honey Novel

夜の帳《とばり》が下りた城内は、昼間の重々しくも華やかな雰囲気とは違い、どこか心細さを誘う寂寥《せきりょう》感が漂っている。

昼に比べれば人が少ないせいもあるし、石造りの城に鮮やかな彩りを添えている花々が、今は見えなくなっているせいもあるだろう。

月の光だけが照らす深夜の城内はしんと静まり、慣れない者が足を踏み入れれば、このままどこか知らない世界へ連れていかれるかもしれないと恐怖するに違いない。

だが、この城で生まれ育った王女、エリーザは違っていた。

数歩先もおぼつかない薄暗い城内にも拘《かか》わらず、灯《あか》りを手に、一瞬たりとも迷うことも悩むこともなく、ただ目的の場所を目指して足早に歩き続けていた。

歳《とし》よりも幼く見える華奢《きゃしゃ》な身体《からだ》を包むのは、寝間着とその上に羽織ったガウンだけ。外に出るにはまったく適していない薄着姿だ。それにも構わず、エリーザは待ち合わせの場所を一心に目指していた。

一秒でも早く恋人に会いたい、一秒でも長く彼と一緒にいたい——その気持ちに突き動かされるように。

今から会える恋人のことを想《おも》うと、小さな胸がはち切れそうに高まってしまう。

誰よりも好きで、誰よりも素敵な恋人。

けれどそんな恋人との関係は、エリーザの義姉《ぎし》になる予定のシュザンヌと、子供のころから一緒の侍女頭以外には内緒で、普段はどんなに恋しくてもそれを素振りに出すこともできない。だから、こうして会える時間は本当に貴重で大切なのだ。

それに、今日は彼に話さなければならないことがあった。

どうしてもどうしても。

そうして、こっそりと部屋を抜け出してから、約十五分。

城の裏庭の端にある四阿《あずまや》の一つに近づくと、

「……レオン……？」

エリーザは小さな声で恋人の名前を呼んだ。

幼いころから呼び慣れた名前のはずなのに、恋人同士になってからのそれは以前とまったく違った意味を持ち、呼ぶたび、エリーザの舌を甘く痺《しび》れさせる。

するとほどなく、

「エリーザさま」

聞き慣れた声が聞こえ、石造りの四阿の陰に、ぽう…と小さく灯りが浮かぶ。

続いて、この国アーヴァンティス随一の騎士であり、エリーザの兄、アレクシスの一番の側近であり友人ともいえる、レオンが姿を見せた。

逞《たく》しく頼り甲斐《がい》のある均整の取れた長身に、誠実さと優しさが窺《うかが》える面差し。

そして今、そんな彼の瞳《ひとみ》には、普段の彼とは違う熱っぽさが籠《こ》もっている。

「エリーザさま……！」

レオンは嚙《か》み締めるような声を上げると、エリーザに近づいてくる。

エリーザも駆け寄ると、レオンの胸に真《ま》っ直《す》ぐに飛び込んだ。

「レオン……！」

「エリーザさま……」

抱き合うはずみで灯りが消え、二人は再び闇《やみ》に戻る。月光だけが静かに庭を照らす中、きつく抱き締められ、エリーザはその腕の強さに心地《ここち》好《よ》い目眩《めまい》を覚える。広い胸に身を委《ゆだ》ねると、言葉にできないほどの安堵《あんど》と愛情が込み上げる。

「会いたかった…レオン……」

「わたくしもです。エリーザさま」

胸元に頬《ほお》ずりしながらエリーザが言うと、レオンの抱擁《ほうよう》も一層熱を帯びる。

エリーザはおずおずと顔を上げると、レオンを見上げた。月明かりだけでは、はっきりと顔が見えないのがもどかしい。けれど、赤くなっている自分の顔を見られずに済むことにはほっとしながら、エリーザはそろそろとレオンの頰に触れる。

その稜線《りょうせん》を辿るようにして指を滑らせ、唇に触れると、胸がどきりと大きく跳ねる。

次の瞬間、その手をそっと取られ、指先に口づけられた。

「エリーザさま……」

声とともに零《こぼ》れた吐息が指を包み、その熱さにエリーザはますます顔が熱くなるのを感じる。

指先だけでなく、いつかこの唇にも口づけられることもあるのかしら……。

エリーザは思った。

彼の唇とわたしの唇が触れ合うことがあるのかしら……。

そのとき、わたしはどんな気持ちになるだろう……？

夢のように考えては、エリーザは頰を染める。

しかしそんな甘美な想像の中に、微《かす》かな憂いが忍び込んでくる。

エリーザはレオンの胸の中に顔を埋《うず》めたまま、「あのね、レオン」と小さな声で切り出した。

「今夜、どうしても会いたかったのは、話があったからなの。わたし…わたし……その…お父さまが……」

「存じております」

すると、レオンはエリーザの言葉を引き取るようにして言う。エリーザはびっくりして顔を跳ね上げた。

「知っているの!?」

「はい。実は今日、アレクシスさまからその話をお聞きしました」

「お兄さまが？　お兄さまは、なんて？」

「殿下は、国王陛下が、エリーザさまと隣国の第二王子であるルシオ殿下との結婚をお考えらしい、と……」

「……」

結婚、という言葉に、エリーザはぎゅっと身を固くした。

そう。不安とは他でもないエリーザ自身の結婚のことだった。どうやら、父である国王は、エリーザを隣国の第二王子に嫁がせようとしているのだ。

レオン以外の誰かと結婚なんて、絶対に嫌だ。けれど、レオンとのことをまだ父にも兄にも打ち明けられていない以上、放っておけば話はどんどん進められてしまうだろう。王女という立場である以上、結婚は国の命運を左右する大問題なのだから。

そしてレオンと愛し合っていても、二人のことを父や兄が許してくれるかどうかはわからない。剣の腕は国で一番、兄であるアレクシスやエリーザとも幼いころから親しいレオンとはいえ、身分は一介の騎士。二人の関係が知られれば、引き離されてしまうかもしれないのだ。

だからエリーザはそれを危惧《きぐ》し、父や兄に打ち明ける機会を窺っていた。けれどそれよりも先に、結婚の話が持ち上がってしまったのだ。

エリーザは不安にかられながら、レオンの胸に縋《すが》りつく。

するとその背中を抱く腕に力が込められ、

「エリーザさま」

レオンの、どこか張りつめた気配を感じさせる声がした。

エリーザがそっと顔を上げると、レオンは静かにエリーザの背を撫《な》でながら続けた。

「わたしが今日、ここへまいったのはエリーザさまにお会いするため。エリーザさまにお会いしたかったため。そして、エリーザさまにお許しをいただきたかったためです」

「許し……？」

エリーザは小さく首を傾《かし》げる。すると、レオンが頷《うなず》いた気配があった。

「はい。殿下と陛下に、わたしがエリーザさまを愛していることを打ち明けることを」

「！」

その言葉に、息が止まる。

顔が見えないのがもどかしい。けれど身体が離れるのも嫌で、抱き締められたままでいると、

「お許しいただけますか」

レオンの声が続く。

エリーザは、胸がドキドキし始めたのを感じていた。

レオンが——彼がわたしたちのことを話す……。

そうすれば、二人は晴れて恋人同士になれるかもしれない。隣国の王子との結婚の話もなくなり、いずれはレオンと結婚することになるかもしれない。夢見ていたように。

けれど、もし反対されればもうこうして密《ひそ》かに会うことすらできなくなってしまうかもしれない。

エリーザがますます不安になっていると、

「どうぞ。こちらへ。座って話をいたしましょう」

レオンは優しくエリーザの手を取り、四阿の中へ誘う。

石の椅子《いす》に並んで腰を下ろすと、レオンは灯《とも》りを灯し直して足下に置き、自分の着ていた上着を脱いでエリーザに着せかけてくれる。そして、話し始めた。

「ずっと考えていたのです。わたしのような者がエリーザさまをお慕い申し上げていることをお伝えすれば、きっと殿下や陛下のご不興を買うことになりましょう。けれどそれを恐れていつまでも人目を忍んで会い続けているわけにはいかない、と。大切なエリーザさまを、こんな夜更けにたったお一人で部屋から抜け出させるような真似《まね》をさせてはいけない、と
……」

「レオン……」

「エリーザさまを、これ以上不安にさせてはいけないと思っておりました。殿下と陛下には、わたしの口から申し上げます。そしてなんとしても、わかっていただきます。エリーザさまを愛していることを。どこの誰よりも、わたしが一番エリーザさまを大切に思っていることを。あなたを——誰にも渡しません！」

「レオン……っ……」

次の瞬間、きつく抱き締められた。抱擁は、先刻よりもより深く強く胸を打つ。レオンの情熱が、愛が、真摯《しんし》さが、身体中に伝わってくる。

「レオン…ありがとう……」

エリーザは、涙の滲《にじ》んだ瞳でレオンを見つめると、嬉《うれ》しさと喜びの籠もった声で感謝を伝え、彼を抱き締め返す。

こうして抱き合って一つになっていると、ずっと離れたくなくなってしまう。けれどそんなふうに幸せだからこそ、気がかりなことが胸に広がっていく。

「でも…大丈夫かしら……。お父さまやお兄さまはお許しくださるかしら……」

「……わかりません。ですが、わたしの申し上げることは一つだけ——エリーザさまへの想いだけです」

「レオン……わたしも、あなたと一緒にお父さまやお兄さまに……」

「いえ」

エリーザの提案に、レオンはきっぱりと首を振った。レオンはエリーザを見つめてくると、優しい、しかし男らしい決意を秘めた双眸《そうぼう》で言う。

「これは、わたくし一人で」

「でも……」

「これはわたくしの務めです、エリーザさま。あなたを一生お守りすると誓い、あなたを一生愛すると誓ったわたしの務めです。わたしに与えられた試練です。心配なお気持ちはわかりますが、どうかあなたの騎士にすべてをお任せください」

「わたしの……騎士……」

レオンの言葉を、エリーザがうっとりと繰り返しときだった。

「殊勝な心がけだ。さすがは我が乳兄弟《ちきょうだい》」

闇の中から、声が響いた。

聞き慣れた——けれどまさかここで聞くことになるとは思っていなかったその声にエリーザは大きく慄《おのの》く。レオンも驚いているのだろう。息をすることも忘れたような様子で、声のした方向に目を向ける。

ほどなく、灯りを手に姿を見せたのは、エリーザの兄でありこの国の王子であるアレクシスだった。彼は流れるような足取りで真っ直ぐに二人の前へやってくると、面白がっているようでもあり怒っているようでもある表情で二人を見下ろす。

「殿下……」

「……お兄さま……どうして」

「城の警備の者から、夜中に不審者の姿を見たと報告があったのだ。いたずらに大事にさせてはならぬだろうと、わたしが調べていたのだが…まさかお前だったとはな」

さも偶然のように言うが、そうではないだろう。

「しかもレオンと逢《あ》い引《び》きだったとは」

その言葉に、エリーザは足下から恐怖が込み上げてくるのを感じていた。

こんな時間にこんな場所に二人きりだ。どんな言い訳もできないだろう。しかも話も聞かれていたかもしれない。

(ああ…どうすれば……)

エリーザが怖さのあまり思わず俯《うつむ》きかけたとき。

「ご心配には及びません」

声がしたかと思うと、レオンはエリーザを安心させるように優しく微笑む。次いで彼はさっと立ち上がると、毅然した態度でアレクシスに向かい合った。

そのまま、二人はどれほど見つめ合っただろう。

エリーザにとっては永遠に思える時間が過ぎたころ、

「――殿下」

レオンが口を開いた。

「殿下、まずはわたしの至らなさをお許し願いたく存じます。エリーザさまをこんな夜更けにこんな場所に連れ出し、申し訳ございません」

「そうだな。夜は冷える。わたしの大切な妹が体調を崩しでもしたらどうしてくれる」

「申し訳ございません」

「謝罪はもういい。それで？　こんな夜更けにこんな場所でエリーザといったいなんの話だ」

アレクシスの口調は、心なしか堅い。

思わず両手を握り締めたエリーザの前で、「二人にとって、とても大切な話をいたしておりました」とレオンが応じる。そして彼は、真っ直ぐにアレクシスを見て続けた。

「──殿下」

「なんだ」

「わたくしは、エリーザさまを愛しています。どうか、わたくしたちのことをお認めくださいませ」

「……」

「お願いいたします。どうか──」

「エリーザには結婚の話が出ている。父上も乗り気だ。それはお前にも話したはずだ」

「はい……」

「少し遅かったな」

「いえ」

アレクシスの声に、レオンは強く言い返す。

「そうは思いません。確かに、こうしてお話しすることが遅くなったことには後悔いたしております。わたしたちのことは許されないだろうと、発覚を恐れて、『いつか時期を見て話す』と言っていたエリーザさまに委ねておりました」

「情けないやつだ」

「はい。ですから——もう後悔したくないのです。間に合わせたいのです。間に合わないと、思いたくはないのです」

いつになく声を荒らげて、レオンは言う。握り締めた拳《こぶし》が震えている。そして彼はゆっくりとそれを解《ほど》くと、アレクシスに向かい、はっきりと言った。

「隣国のルシオ殿下がどれほどご立派な方でも、わたくしの方がエリーザさまを愛しております。ずっと…愛しておりました。お側近くに仕えさせていただき、物心ついたときから……」

レオンの告白に、エリーザはぎゅっと胸を押さえた。

『ずっと…愛しておりました』

その言葉は、以前にも聞いた言葉だ。想いを伝え合い、初めて二人きりで話をしたとき。彼は絞り出すようにそう言ったのだ。胸の中の一番柔らかな部分を、そっと差し出すように。

思い出すと、幸福感で胸が苦しくなる。

だが、そんなレオンの告白に対して、アレクシスからの声はない。

エリーザは耐えきれず声を上げてしまいそうになるのを、必死に堪《こら》える。

すると、

「愛しているのか」

確かめるような、アレクシスの声がした。

「はい」

即座に、レオンが答えると、

「我が妹ながら、エリーザは素晴らしい王女だ。お前には過ぎた宝だとは思わぬか。身の程知らずだとは、思わぬか？」

さらにアレクシスが尋ねる。

「──思いません」

再び即座に、レオンは応《こた》えた。微かに片眉を上げたアレクシスに、レオンは続ける。

「身分だけを比べれば、殿下のおっしゃる通り、わたしには勿体《もったい》ないお方です。こんな想いを抱くことさえ許されないお方です。事実、わたしはそう思って想いを堪えておりました。

ですが、わたしのエリーザさまへの愛は誰に劣ることもありません。愛の深さや強さであれば、わたしは誰よりも勝っていると自負しております。決して、身の程知らずではないと」

「『誰より』――か。兄であるわたしには負けるであろう」

「負けません」

「レオン。わたしほどエリーザの幸せを願っている男はいないのだぞ」

「殿下がエリーザさまを大切に思われていることは重々承知いたしております。ですが、わたくしはそんな殿下よりも、誰よりも、エリーザさまを愛しているのです。ちょうど、そう……殿下がシュザンヌさまを強く愛していらっしゃるように」

「！」

数ヶ月先には妃《きさき》となる最愛の女性の名前を出されたからか、アレクシスが息を呑《の》む。

エリーザもシュザンヌの名前にはっとしたとき。

「……いつから気づいていらっしゃったのですか？」

涼やかな声とともに、今名前を出されたシュザンヌその人が、闇の中から姿を見せた。

「シュザンヌ！」

エリーザは思わず驚きの声を上げたが、アレクシスも気がついていなかったようだ。「どうしてここへ」と、目を丸くしている。

シュザンヌはそんなアレクシスに苦笑すると、

「どこにもいらっしゃらなかったから探していたのです。それにしてもまさか、こんなところにいらしたとは」

そしてシュザンヌはエリーザたちに近づいてくると、

「申し訳ございません、立ち聞きなどするつもりではなかったのですが……」

と申し訳なさそうに言う。エリーザは首を振った。義姉になるシュザンヌが、わざと立ち聞きするような人ではないことはもうわかっている。それはレオンも同じだったようで「お気になさらず」と短く言うと、「気づいたのはついさっきです」と笑って続ける。

「引き合いに出して申し訳ございませんでした。ですが、わたしのエリーザさまへの気持ちを殿下に訴えるには、最も相応《ふさわ》しい喩《たと》えだと思いましたので」

さらにそう続けるレオンに、シュザンヌは恥ずかしそうに苦笑する。

すると、そんな三人のやり取りを見ていたアレクシスが、ふうっと息をついて肩を竦《すく》めたかと思うと、

「いいのか」

と、レオンに尋ねてきた。

「いいのか。本当にエリーザで。確かにエリーザは可愛《かわい》らしい。そして美しく、兄に似て大層優しく素直で家臣思いだ。だが——そんなエリーザには妹を溺愛《できあい》している煩《うるさ》い兄がついてくるぞ？　しかも、女だてらに剣を振り回す義姉までもだ。それでも構わぬか」

「もちろんです」

軽口めいた、けれど覚悟を問うアレクシスからの質問にレオンはそう応えると、エリーザの手を取る。その手をぎゅっと握って言った。

「エリーザさまと一緒にいられるならば、わたしにとってそれ以上の幸せはございません。どんな苦難が待ち構えていようと、恐れるに足りないことです」

アレクシスに向かってそう言い切るレオンの横顔に、エリーザは胸が熱くなるのを感じる。

「お兄さま、お願い。わたしもレオンを愛しているの」

たまらず、エリーザもアレクシスに向けてそう言った。アレクシスには「任せてほしい」と言われたけれど、言わずにはいられなかった。

「レオンを愛しているの！　他の人と結婚なんて嫌！　レオンじゃなきゃ嫌！」

「エリーザ――」

アレクシスが、困惑混じりの声を上げたときだった。

「殿下、あまりものわかりの悪い兄では、エリーザさまに嫌われましょう」

それまで黙っていたシュザンヌが、ふっと風を吹き込むかのように口を開く。途端、アレクシスはうっと押し黙ると、じっとエリーザを見つめてきた。

エリーザが必死で見つめ返すと、アレクシスはさらに視線に力を込め、見つめてくる。

やがて、「やれやれ」というように苦笑した。

「いつの間にそんな強い妹になっていたのやら……。わかった、お前の好きにするがいい、エリーザ」

「お兄さま！」

「だがレオン、心しておけよ。我が妹を妻とするなら、その身に代えても幸せにする覚悟でおれ」

「元よりそのつもりでございます」

アレクシスの釘《くぎ》を刺す言葉に、レオンは堂々と応える。その答えに、アレクシスは、心から晴れやかに、嬉しそうに微笑んだ。

「ならばいい。エリーザをよろしく頼む。父へはわたしからも話をしよう。お前は自分一人でなんとかしようとしているようだが、ここはわたしの力を借りておけ。最後の最後でエリーザを泣かせるようなことになるのは、お前の本意ではないだろう？」

「殿下……」

「兄としても、妹が意に沿わぬ相手のもとへ嫁《とつ》がねばならぬのは心が痛むのでな。ルシオは悪い男ではないが凡庸《ぼんよう》だ。お前の方が、よほどいい男だ」

「殿下――」

「ずっと一緒に育ったわたしが言うのだから間違いはない。エリーザを幸せにしてくれ、レオン」

そしてアレクシスはレオンの手を取ると、固く握手を交わす。

(よかった……)

心から安堵したエリーザの肩に、シュザンヌの優しい手が触れた。

「おめでとうございます、エリーザさま」

「ええ――ええ！　シュザンヌ、ありがとう……！」

「わたくしは何も。エリーザさまとレオンどのの愛の力ゆえです」

「いいえ、あなたのおかげよ。あなたにはとてもお世話になったわ。それに、きっとお兄さまはあなたに出会って少し変わったと思うの。あなたと会う前のお兄さまだったら、許してくださったかどうかわからないわ」

エリーザはシュザンヌがやってきてからのことを思い返すと、ぎゅっと彼女の手を握り締める。

「勿体ないお言葉です」

するとシュザンヌは笑顔を浮かべながら優雅に頭を下げ、やがて、アレクシスとともに去っていく。

二人きりになると、エリーザはじっとレオンを見つめた。目が合うと、それだけで他に何もいらないと思える。引き寄せられるように見つめていると、

「必ず、幸せにします」

レオンが言った。

その声は、夜の静寂を震わせ、エリーザの心を震わせる。

「必ず幸せにします、エリーザさま」

「レオン……」

そのまま包むように抱き締められ、エリーザが身を委ねると、間近から見つめられる。

思わぬ近さにエリーザはドキリとしたが、そんな驚きも気恥ずかしさも今はとても嬉しい。

レオンにも聞こえそうなほど大きくなっていく心臓の鼓動。エリーザは頬を染めながら、こくりと頷いた。

「愛してるわ、レオン。わたしだけの——わたしの騎士……」

「愛しています、エリーザさま」

するとレオンはそう囁《ささや》くと、抱き締める腕にゆっくりと力を込め、静かに唇を寄せてくる。

初めての口づけは、想像していたよりももっともっと甘く、夢よりも幸せな愛の中にエリーザを誘《いざな》っていった。

END

あとがき

こんにちは、もしくははじめまして。桂生青依です。

このたびは本書をご覧くださいまして、ありがとうございました。

親思いで恋に憧れつつも、騎士として生きていこうとしているシュザンヌと、強引ながら優しさを秘めている王子アレクシスの、反発し合いながらも惹かれていく、ラブストーリー。

二人のもどかしい恋も、エリーザの可愛らしい恋も、書いていてとても楽しかったです。

皆様にも楽しんでいただけますように。


そしてお礼を。

イラストを描いてくださった芦原先生、本当にありがとうございました。シュザンヌの凛々しい美しさも、王子であるアレクシスの精悍さも、イメージしていた以上に素敵で、ラフを拝見したときから嬉しくてたまりませんでした。

心よりお礼申し上げます。

また、的確で丁寧なアドバイスをくださる担当様、及び本書に関わってくださった皆様にもこの場を借りてお礼申し上げます。

ありがとうございます。これからもよろしくお願いいたします。

そして何より、いつも応援くださる皆様。本当にありがとうございます。

今後も皆様に楽しんでいただけるものを書き続けていきたいと思っていますので、引き続き、どうぞよろしくお願いいたします。

それでは。

読んでくださった皆様に感謝を込めて。

桂生青依　拝

桂生青依先生、芦原モカ先生へのお便り、
本作品に関するご意見、ご感想などは
〒101-8405
東京都千代田区三崎町2-18-11
二見書房　ハニー文庫
「王子の溺愛～純潔の麗騎士は甘く悶える～」係まで。

本作品は書き下ろしです

Honey Novel

王子《おうじ》の溺愛《できあい》
～純潔《じゅんけつ》の麗騎士《れいきし》は甘《あま》く悶《もだ》える～

【著者】桂生青依《かつらばあおい》

【発行所】株式会社二見書房
東京都千代田区三崎町2-18-11
電話　03(3515)2311［営業］
　　　03(3515)2314［編集］
振替　00170-4-2639
【印刷】株式会社堀内印刷所
【製本】ナショナル製本協同組合

落丁・乱丁本はお取り替えいたします。
定価は、カバーに表示してあります。

ISBN978-4-576-15048-2

http://honey.futami.co.jp/